DAYS of Dead Swan

天鵝死去的日子

邱常婷 著

幾度夏來夏去，天鵝死了。

——丁尼生〈提托諾斯〉

我們終將在沒有黑暗的地方相會？[1]

——邱常婷《天鵝死去的日子》

楊勝博
（Readmoo專欄作家、科幻研究專書《幻想蔓延》作者）

以日為記的歲月拼圖

《天鵝死去的日子》，書名典故源自丁尼生（Alfred Tennyson）詩作〈提托諾斯〉（*Tithonus*）裡的「幾度夏來夏去，天鵝死了」一句。

敘事者提托諾斯，是希臘神話裡的美男子，黎明女神厄俄斯（Eos，羅馬神話中的歐若

1 篇名來自歐威爾《一九八四》裡的「我們將在沒有黑暗的地方相見」，原本是反抗軍領袖奧勃良（O'Brien）告訴主角溫斯頓（Winston Smith）的一段話，暗示等到獨裁政府垮台他們將重見光明。然而，若以歐威爾在小說中用來替換詞彙的「新語」概念思考，不難想像奧勃良只是扭曲了黑暗和光明的定義。後來的故事情節，也證明了他們的確在沒有黑暗的地方相見，不過那是間充滿明亮燈光的牢房。對照近兩年台灣的政治現實，也讓人不禁唏噓。

拉Aurora）為能與他長相廝守，再三懇求宙斯賜予提托諾斯永生，卻忘記要求讓他永保青春。丁尼生藉此典故，讓看見天鵝隨著歲月老死，而自己卻飽受永生煎熬的提托諾斯，向厄俄斯乞求收回永生的餽贈。

尋求自身之死的，還有深澤七郎《楢山節考》裡的老婦人阿倫。在有棄老習俗的貧窮村莊裡，年過七十歲的老人會被家人送往楢山等待死亡，阿倫的兒子不願讓她離去，然而在孫兒出生後，阿倫為了後代子孫選擇上山自死。

同樣是尋求死亡，前者是為了擺脫「永生卻無法永遠年輕」的困境，後者則是自願為了後代而犧牲自己的性命。目的雖有不同，但在生死存亡的選擇之間，讓我們看見了生命的意義和價值，有時候，為了更崇高的目標，犧牲生命似乎也在所不惜。

但，如果自身的死亡並非自願呢？《天鵝死去的日子》裡，作者結合〈楢山節考〉一類的棄老故事與《一九八四》的反烏托邦情境，塑造出一個施行「滌淨法」以清除所有七十歲以上國民的政府「號令基地」，一群反對滌淨法的老人組成的「反滌淨法革命軍」，為了拯救自身起而反抗政府。故事看似老人與年輕人對抗的世代戰爭，然而，那並不是故事的全部。

《天鵝死去的日子》的所有篇章都以日子為名，全部二十四個章節一如人生的二十四節氣，從開始到結束，以小說角色的人生碎片，組合成小說作品的完整面貌。這些不同的時間切片，有些是不同角色的過去，有些是用以補完世界觀的歷史小百科（〈滌淨日〉），有些是故事屬於主角柯廷父子（〈四季日〉、〈休憩日〉），有些是革命軍的日常生活（像〈聚會日〉、〈遊行日〉），和他們生命轉變的關鍵時刻（〈成年日〉的艾莉絲、〈兜售日〉的瑪格麗特）。

不同篇章間的時間，有些前後接續連貫，有些則是數十年前的往事。在時間的斷裂跳接中，也能感受到某種記憶的真實感：隨著年歲漸長，時間的刻度開始模糊，往事的具體時間不再清晰，然而生命中的重要事件，與當下的感受絕對難以忘懷，終將成為個人的紀念日。

於是，我們看見那些荒謬背後的傷痛，為什麼革命軍的老婦人艾莉絲總聲稱自己是八歲小女孩？為什麼失親的蛋仔在獲得幸福後卻選擇逃離？為什麼貌似海明威的老革命軍恩尼對拍照有所畏懼？隨著翻閱日曆般閱讀故事，未解的謎團也將逐漸現身，即使未照順序閱讀，若要拼湊故事的全貌，也得從不同篇章中找到相應的線索，梳理出故事的時間軸線與大致樣貌。

因此，閱讀時讀者也得扮演偵探，跟著記憶拼圖解開謎團、重建故事的前後順序、理解小說的世界觀，並目睹角色生命變化的關鍵時刻。一如作者在〈公路日〉所說：「我們生存在這個世界，總會與他人產生關係，我們彼此影響」，這些看似無關的人事物，藉由英文系教授柯廷，和與他關係複雜的養子蛋仔，兩人之間的父子關係與衝突，讓所有看似無關的人事物，因此有所聯繫，織成一張以日為名的記憶拼圖。也讓對社會新聞有所關心的讀者，能看出小說文字的言外之意。

故事，與故事之外的故事

也許是因為看過《摯愛無盡》（*A Single Man*）和《金牌特務》（*Kingsman: The Secret Service*）兩部電影的緣故，閱讀時不免將柯廷與蛋仔這對父子，套上柯林佛斯（Colin Firth）和泰隆艾格頓（Taron Egerton）兩位演員的形象。泰隆是《金牌特務》的主角艾格西（Eggsy），和蛋仔有著類似的綽號「蛋蛋」（Eggy），柯林是《摯愛無盡》的主角喬治（George），和柯廷一樣是文學教授，他在《金牌特務》演出的哈利哈特（Harry Hart），則是艾格西亦父亦友的精神導師。這樣的互文連結，也讓閱讀過程有了不同的樂趣。

回到作品本身，其實父子與世代的問題，在邱常婷《怪物之鄉》的〈山鬼〉就已經出現。書中的〈巴布的怪物〉、〈怪物之鄉〉分別處理了偏鄉教師流動率過高、人際關係變質與遺忘的問題，而〈尋金記〉、〈貨車男孩〉、〈八月的鬼〉是以孩子視角描寫的太麻里故事。作者的寫作風格、某些題材的發想（比方前作〈伊莎貝拉〉到這本的〈寫作日〉中關於寫作的思考）、童年與成年後的心境等，都能在《怪物之鄉》窺見端倪。

不過，《天鵝死去的日子》似乎有著更大的企圖心，並試著回應文學名家並未給予解答的提問。像是伊薛伍德（Christopher Isherwood）在《單身》（*A Single Man*）裡藉由主角喬治之口說出，而他並未回答的人生謎題。於是，我們看見作者向伊薛伍德《單身》、普拉絲（Sylvia Plath）〈爹地〉（Daddy）、〈申請人〉（The Applicant）、莒哈絲（Marguerite Duras）《情人》（*The Lover*）、沙林傑（J. D. Salinger）《麥田捕手》（*The Catcher in the Rye*）、歐威爾（George Orwell）《一九八四》等文學名家致敬的橋段，引用的典故和故事本身密切相關。

比方藉由詩人普拉絲的詩句，暗指出蛋仔對於父母的想法，或是讓柯廷藉此對學生們傳達自身價值觀，某種層面上也成了整部小說的暗喻：每個人都有欲求，為了達成目標而向人兜售事務，不論是理想、勞力，或是任何能標價的物件，然而，最後我們所得到的，可能是和原初欲求截然不同的事物。

在目前強調地方性與台灣元素的創作趨勢裡，《天鵝死去的日子》似乎有些反其道而行。不但主要角色多是西方人名，同時缺乏可供辨識的地理標示，相較於作者前一部作品

《怪物之鄉》裡，藉由作者個人的生命經驗（台東太麻里）創作而成的多篇小說作品，似乎缺乏一些在地的文化脈絡。

然而，誰說在地脈絡只能靠明確的符碼、元素來呈現？

作者本身的成長經驗、自身對於社會的觀察與思索，形塑了作者對於各類社會議題的思索，並藉由文學作品呈現他的思考結果，而作品裡呈現的價值觀和故事情節，本身就是一種在地脈絡的展現。而我在閱讀《天鵝死去的日子》時，的確也能感受到，作者對於社會現狀的思索。老人們的反滌淨革命軍，靈感明顯來自於反年金改革運動，或是〈成長日〉裡被長照機構員工刻意虐待的老人、〈尋金日〉裡被上司壓榨的勞工、〈遊行日〉裡面解決博愛座讓位爭議的構想、或是其中老人們對於抗爭結果的絕望感，同樣能讓人感受到後太陽花時期，那些並未改變，甚至更加嚴峻的社會現實。

然而，即使在最黑暗的時刻，希望也未嘗不在。《天鵝死去的日子》最後一章以〈生日〉收尾，回到柯廷與蛋仔初次相遇的時刻，那時蛋仔還是嬰孩，還沒有被世界擊倒，柯廷還相信自己能保護他，讓自己成為更好的人。在故事的起點，關於滌淨法、革命軍、所有的一切都還沒有發生，他們還有時間去改變，在歷經理想破滅與現實折磨之時，在黑暗中保有那一絲光明。就像詩人北島〈波蘭來客〉說的，「那時候我們有夢，關於文學，關於愛情，關於穿越世界的旅行」。

也許，在黑夜完全降臨之前，我們還有時間。

目次

公園日

兩名老人坐在公園的長椅上。老女人臉面厚塗粉底，一片慘白，畫著鮮豔的口紅與兩道新月形狀的眉毛。她神色安寧，眼睛裡的眼白部分呈現天藍色，她身上的洋裝也是天藍色，印有潔白鳥羽的圖樣。老女人從紙袋裡剝下吐司邊扔進水池中餵魚，一雙小腳在椅子上來回踢晃。

老男人坐在她身邊，一襲棕色刷毛外套、洗得破爛的卡其褲、戴一頂寬沿帽，蓄著銀白短鬍。他像是很感興趣似的凝望水中爭食吐司邊的魚群，面露微笑，眼角餘光在老女人身上跳躍。

一名晨跑的年輕女孩從他們背後經過，老男人傾向老女人的右手顫抖了一下，手中的紙片落到地上，他撿起紙片，用手拍去塵土。

「這是您的孩子嗎？」老女人問。

「是的。」老男人回答：「我的兒子。」他將紙片遞給對方，那是一張厚實的小紙板，呈正方形，寫有年份、日期和一個名字，中央鑲著一張照片，裡頭是個綠眼珠的嬰兒，對鏡頭大笑，露出還沒長牙的粉紅色牙齦。

「他真可愛，有一雙美麗的綠眼睛。」

「他的眼睛遺傳自他母親。」老男人說：「但他母親不是我的妻子，我一定要說，每一次別人問都要說，只有這點不能妥協，不能汙辱她的名聲。」

「所以他不是您的兒子？」

「不，他是我的兒子沒錯，他的母親臨死前將他託付給我，但就法律而言，當時這孩子有其他親戚比我適合擔任監護人。很長一段時間，我只是在遠處關照他，直到一年前我們才正式相認。」

傳單。

「噢。」

水池邊的公園長椅陷入短暫的岑寂，老女人從紙板上取下照片，顯露出藏在底下的一張

「請告訴我您的名字。」她說。

「柯廷。這樣就可以了？」

「這樣就可以，我們會再通知您。我的名字是艾莉絲。」

他們握手，狹窄的長椅上，兩名老人艱難地轉動腰胯與彼此握手，艾莉絲的手握起來滑膩瘦小，像一條魚。

第二次碰面，他們遇上警方的盤查，柯廷還有將近半年才過六十歲生日，他坦然地把身分證連同滌淨通知單交給那名臉上仍殘有痘疤的警察，聆聽對方喃喃自語般的詢問。

「柯廷是嗎？」

「是的。」

「您的滌淨日期已經快到了，也許不應該再到這麼遠的地方遊玩。」

「滌淨法令只禁止出國，年輕人，我總有到大城市走馬看花的權利吧？」

警察摸摸鼻子不再說話，此時他注意到艾莉絲。

「這位是？」

「我的朋友。」

「您好，能否請您出示您的身分證明？」

艾莉絲開始慌慌張張，從粉紅色小羊皮手提包內尋找她的長夾，她臉上汨出汗滴，洗刷

她畫有濃妝的臉頰，很快地，她臉上的敷料將再也遮不住那些皺紋和黑斑。

艾莉絲找到身分證交給警察，並表示自己同樣有一份滌淨通知，但她怎樣也找不著，柯廷發現警察正微笑與自己對望，他困惑地回以一笑。待他重新望向艾莉絲，他真正笑了。

「我的好姑娘。」柯廷說：「你正咬著你的滌淨通知呢。」

艾莉絲表示歉意，從嘴裡摘下被咬出印痕的通知單交給警察，他檢查了幾遍，發現沒有問題，面前只是兩名瀕臨滌淨日的可憐老人，他放過他們，發還身分證與通知單，祝他們有個美好的下午。

公園再度回歸寂靜，安全，兩名老人再度呆坐公園長椅，他們面前的水池即便經過方才的動盪也依然波瀾不驚。

「嘿，艾莉絲。」柯廷說道：「你今天沒有帶吐司邊？」

老女人搖了搖頭。

老男人煞有其事地頷首，手指重重撫過鬍鬚，他看著自己的手指，露出一瞬間吃驚的表情。隨後刻意伸展十指，直到艾莉絲好奇地偷看他。

柯廷突然用力拍了拍手。

水池波面躍起無數小魚。

柯廷又拍了一次。

更多小魚騰躍而起。

他停了下來，親切地對艾莉絲努嘴。

艾莉絲拍手。約莫一、兩隻小魚跳出水面，她羞怯微笑。

柯廷誇張地搔搔頭，他拿下帽子，為發熱的臉頰搧風，良久，他將自己的身分證與通知單交給艾莉絲。
她凝視水池，思索幾分鐘，接過柯廷裝在帽子裡的證件，並把自己的證件放進帽子裡，遞還給柯廷。
老男人檢視帽子裡的物品，仔仔細細觀察艾莉絲證件上的每一行文字。
「做得真好。」柯廷說。
「我們有一個專門部仿造這些東西。」
「那麼……您今年是？」
「我早已過了踏進滌淨室的年紀。」艾莉絲低下頭：「路上沒一個和我同輩的人，我是一個怪物。」
「你不是。」
「你幾乎不認識我。」
「對，但我想要讓你印象深刻。」
「你已經成功了。」艾莉絲仰起頭來，她的臉上一塊一塊妝粉融化的色彩，像一朵向陽的小花：「我對時間的感受和別人不一樣。」
「怎麼說？」
「我今年只有八歲。」
柯廷沒有回答，他繼續撫摸自己的鬍鬚，從左邊梳到右邊，從右邊梳到左邊，他的手指上沾滿旅館內廉價刮鬍水的氣味。
「我是個小女孩。」艾莉絲在長椅上踢著腳，有那麼一瞬間，柯廷以為艾莉絲垂皺的老臉會隨著妝容褪去一併滑落。

「你十歲的時候是？」

「一歲。」

「你二十歲的時候是？」

「兩歲。」

「你四十歲的時候是？」

「四歲。」

「就我所知，您今年八十歲了。」

「八歲。」她看上去幾乎有些憤怒了：「就像我說的，我對時間的感受和別人不一樣，別人的十年等於我的一年。」

所以每個人都有自己的理由。柯廷想。

「請原諒我。」他說：「我甚麼時候能夠得知聚會的地點呢？艾莉絲。」

「下一次再說吧。」老女人從椅子上跳下來——柯廷不知道她如何做到——但她確實是一股作氣躍下長椅。

艾莉絲今天穿著一件布料柔軟的鵝黃長衫，堪堪遮住她突出的膝蓋，露出一雙瘦削乳白的腿。她沿著水池邊離開公園。

他們第三次會面時公園正處黃昏。

艾莉絲盛裝打扮，戴著一頂裝飾有鸚鵡標本的大帽子，帽子附有面紗垂落，替她免去了化妝的麻煩。她比柯廷更早抵達，手中握著一只小提包，柯廷靠近時發現裡頭裝滿了麵包屑。

「你好。」

「你好。」

他們像過去兩次分坐長椅兩端，放任沉默蔓延。

一把黑傘橫亙在他們之間，柯廷一開始沒有注意到，那是一把與艾莉絲不相襯的傘。

「老恩尼決定讓你加入。」艾莉絲輕聲說：「瑪格麗特投下反對票，但那是因為她必須假裝和恩尼不對盤，他們彼此制約，其他人才會相信我們最終有成功的可能。」

「你們總共有多少人呢？」

艾莉絲聳聳肩。她從裝滿麵包屑的提包裡抽出一張皺巴巴的紙，以及一枝眉筆，交給柯廷讓他填寫紙上的表格。

那是一些相當簡單的表格，主要詢問了填表人的姓名、年紀等背景資料，直到最後一項，柯廷才咬著筆桿不確定該如何作答。

「有甚麼問題嗎？」

「加入原因，我不知道該寫甚麼。」

柯廷看見艾莉絲瞳孔驚訝地放大，遮住了天藍色的眼白部分。他以為艾莉絲的反應是由於自己的疑惑，但當他順著艾莉絲略微偏移的目光往後看去，他注意到一群士兵（年輕，穿著號令基地制服）正在公園入口行軍，他們很快就會發現這裡有兩個年屆滌淨日的老人。

柯廷與艾莉絲四目交接。她搖搖頭，認命而小心翼翼地摘下頭上精緻昂貴的大帽子，手指飛快解開同樣美麗的皮草披肩，摺疊好後與帽子、提包一塊放置在長椅最末端。此時柯廷已急切地伸出手捧住她鋪滿白粉的臉，親吻她乾裂的紅嘴唇。

士兵們整齊劃一的腳步聲逐漸接近，柯廷聽見其中一人說：「是個老頭子和老流鶯。」另一人說：「這座公園到處都是，看上去都快到滌淨日了，想樂一樂也無可厚非。」

柯廷的肩膀被粗魯地拍了拍，他看也不看，讓自己上半身遮住艾莉絲，一手高舉身分證與滌淨通知，嘴唇依舊在底下枯瘦的肢體上游移。

不知何人將他的證件抽走，經過一番詳細檢查後歸還，他們沒有要求艾莉絲的證明文件。士兵們逐漸遠離。柯廷尷尬且迅速地直起身，回到長椅的另一端。他的臉上沾著口紅，頭髮凌亂，衣服呈現不體面的摺痕。

艾莉絲慢悠悠地坐起身體，她的樣子同樣糟糕，像是真正的公園流鶯，她仍全力保持端莊，從口袋中找出手帕，優雅地清理臉部。

在柯廷面前，艾莉絲一點一滴拭去濃妝粉底，顯露下方黯淡鬆弛的皮肉，皺紋與老人斑散布各處，她的頸子上有一枚吻痕，因柯廷緊張的吸吮紅腫發熱。

「對不起。」柯廷咳嗽幾聲：「他們很不好騙。」

「當然，號令基地的士兵都受過專業訓練。」艾莉絲繼續擦拭自己，直到整張臉變得全然蒼老，像一具乾癟的木乃伊。她戴上帽子，穿好披肩，開始用提包裡的麵包屑餵魚。

「春天時這裡可能會有天鵝。」柯廷突然說。

艾莉絲回答：「這是一座人工池。」

航海日

他們發生了船難。

這艘船上，食物與飲水在十個小時前用罄，油箱破洞，流漏的燃料於海面綿延出幾百公尺斑斕迷幻的彩虹痕跡。

數日前匆匆組成的革命軍到此算是完了，儘管說是革命軍，成員也只有柯廷、艾莉絲、瑪格麗特以及老恩尼。艾莉絲此時就站在甲板邊，撐著一把巨大的蕾絲陽傘，一襲乾淨、散發陽光氣味的碎花洋裝。她的身材有些萎縮痀僂，但仍然打扮雍容，怡然自得表現出貴婦派頭，不仔細瞧不會發現，她的雙腿由於快支撐不住體重而發抖。她佇立甲板，對柯廷微笑致意，他們像是兩名在鐵達尼號即將沉沒前無意間相逢的陌生人。

柯廷想起他們初次見面時，艾莉絲身穿隆重套裝、一張老臉化妝塗口紅，站在鬧市的街角發傳單。

傳單上寫著：

反對滌淨年齡調降！
革命軍招募中，限五十歲以上。
電話：19-84-19-97
集會處暫不公開。

柯廷在絕望之中拿了一份傳單，剎那間與艾莉絲目光相對，他們粗糙的手小心翼翼彼此擦過，交換無言的詢問與應答。

艾莉絲只在早晨九點發傳單，並且只發送五分鐘，她那副殷切的樣子、隆重的打扮在在吸引路人注意，她戴著耳環、項鍊與高雅的手提包，顯示出她對於一名老女人到街上拋頭露面的羞恥。每當警察或士兵經過，她轉身逃亡，步伐笨拙顛躓。

艾莉絲站在甲板，凝視乏味無趣的海平線，沉浸於她小女孩般的思維裡。

和艾莉絲相比，瑪格麗特更早接受現實景況。瑪格麗特瘦削、乾枯的身軀搭配一張長長的馬臉，滿頭銀白長髮讓髮帶俐落地紮在腦後，她的五官嚴肅無情，像是查拉幾人的祖先，柯廷與艾莉絲對望時，她正靜靜抽完自己的最後一根菸。

最後是老恩尼，革命軍的領導人，患有風濕和帕金森氏症的可憐傢伙，一個月前剛度過七十歲生日，身體狀況除去慢性病以外仍算得上不錯，手臂與小腿均有肌肉，嘴唇上兩撇乳白色小鬍子，頭戴一頂軟扁帽，他癱坐在艙門前，瞪視晴朗無雲的天空，今天看上去也不會下雨。他說：我們完蛋了。

如果這艘船上只有恩尼，他看上去會像是捕鯨小說裡和大魚拉鋸的漁人，陽剛的面孔和彷彿隨時隨地都在生氣糾結的眉毛，讓人聯想到一些不得善終的英雄角色。當恩尼說：我們完蛋了。他們誰都沒有動作，艾莉絲仍舊眺望遠方，瑪格麗特嚼著香菸濾嘴，柯廷低頭摳下手臂上捲起的皮膚。

海上太陽璀璨，像是某人拚命劃亮的最後一根火柴棒，照耀小漁船狹窄陰暗的船艙內昨日晚宴餘況。隨波搖動的影子當中，餐桌上陳列四套餐具，沾有一層單薄、發酸的罐頭醬汁，有缺口的紅酒杯印著屬於艾莉絲的口紅印，從未清洗過，卻沒有半點殘留酒香。

打從他們上了這艘船，便下定決心無論如何要讓生活過得體面，他們一人平均有一件西裝和一件半的女用禮服，經過謹慎分配，一人一天平均有半份早餐和一份晚餐，所以最終晚餐成為履行體面的適當場合，他們穿著正式服裝，從各自的船艙來到餐廳，享用裝在白瓷盤裡少少的食物。

八點壁鐘輕響，柯廷前往迎接精心打扮的艾莉絲，她身穿一襲銀色長禮服，布料本身具有些微皺摺，溫柔籠罩艾莉絲一把老骨頭。柯廷伸出手讓她摟住自己，隨後兩人一塊到船艙用餐。

漁船很小，他們只須邁出三步便能抵達艙門，在那兒，柯廷與艾莉絲對瑪格麗特與恩尼微笑致意，彷彿一群許久不見的好友，哪怕他們不久前才一塊在餐桌邊布置晚餐。

平日不修邊幅的瑪格麗特換上艾莉絲執意借出的黑色長裙，她暗沉的膚色看起來更深，一雙黑白分明的眼睛於燭光中宛如獸類。老恩尼穿起他最得意的革命軍領導人制服，經過設計師設計，全世界僅此一套，藍綠色的丹寧布剪裁而成，穿上它令凡人出類拔萃。

餐桌上，艾莉絲點亮更多燭火，他們彼此沉著交談，像一群相互尊重且相知甚深的老友，他們談論哲學與神學，討論宇宙與海洋的奧祕，在其中一人侃侃而談時側耳聆聽，嚴肅頷首。並在任何一人無意間提及應當再無可能的未來後，矜持地別開視線。

「也許我們不應該再說這些了。」最終，他們中的一人建議。

那麼該說些甚麼才能佐餐呢？稀罕的黃鰭鮪魚罐頭分成四份，靜置於白瓷盤中心，刀叉不時碰撞創造清脆聲響，直至食物消弭殆盡，刀叉切割圓盤，引起刺耳噪音。柯廷座旁，艾莉絲嘴抿空酒杯，只為了印上唇印。

一群老人終究開始回憶往昔，關於他們決心航海、奮力一搏的原因。

艾莉絲想堅持自己的內在是名小女孩的權利，瑪格麗特痛恨政府體制的殘忍，恩尼只是不想死，他想再活另外七個十年，他在84年第一次反滌淨示威遊行中與瑪格麗特相識，彼時瑪格麗特身兼聲名狼藉的女權運動者，她看見恩尼，就知道對方純粹男性的氣質將有助於革命軍的建立，恩尼的外表是優秀廣告，瑪格麗特曾試圖將他塑造成獨裁者，不料外強中乾的恩尼在拍沙龍照的過程中突然崩潰，掩面蹲在地上痛哭失聲。

他們航海，是為了突擊政府位於海洋中心的號令基地，制定法律規章的人們住在四面環海的小島上，日夜生產法令，革命軍行動失敗後，恩尼找到一艘破舊漁船，付給酗酒過量的老船長幾千大洋，帶著其他三人義無反顧航向大海。

聽說這是通往號令基地的唯一方法。

他們一共航行了十七天。

第二個星期，小漁船開始發臭，甲板上迆邐乾涸的嘔吐物、艾莉絲某次觀浪無意間失禁的尿液，瑪格麗特的菸屁股落在掌舵室，無法以珍貴水源清洗的杯盤狼藉。漁船上，萬事萬物乾燥而黏膩，夜晚則冰冷抽象，沒人能夠掌握。

晚餐沒有甜點，但他們向來假裝有，喜孜孜地品嘗自己幻想出來的蛋糕或冰淇淋，四名老人猶如四名孩童。艾莉絲突然開起不合時宜的玩笑，說他們是海盜，瑪格麗特僵硬的唇角瞬即軟化成一副噘嘴的怪相，恩尼粗聲唱起不成調的維京歌謠，柯廷握住身旁艾莉絲的手，不去想這是他們食用的最後一頓飯。

待月亮升起，靜靜滑過天心，他們端著酒杯一同走出船艙沐浴銀色月光，那時一點燭火也顯太亮。不知誰起的頭，他們跳舞，以一種故作艱辛的方式跳舞，以掩飾他們確實舞動得艱辛。

他們跳舞，像孩子一樣跳舞，而非像少年一樣跳舞；像死人一樣跳舞，而非像老人一樣跳舞。

老恩尼氣喘吁吁地大笑不已，他靠在船邊傾斜破裂的酒杯，從海裡撈出無限佳釀，柯廷接著效法，艾莉絲跟進，瑪格麗特臉上第一次出現了勉強可稱之為笑容的表情。

他們假裝喝酒，艾莉絲真的吞進一小口海水，她咳嗽，柯廷替她拍背，他們親吻，分享腥鹹與陳腐的滋味。

二十四個鐘頭後，陽光下，柯廷懶洋洋癱坐在地。脫水與飢餓使他漸漸產生幻覺，彷彿看見蛋仔笑嘻嘻地趴俯船邊對他咧嘴。男孩看上去那麼年輕、耀眼奪目，他的眼睛是和母親相同的榛綠色，笑起來只剩兩道彎彎的線。

甲板上的艾莉絲，她洋裝的花紋迷幻神奇。柯廷此時左手在陰影裡，右手曬著太陽，那讓他同時想起燒燙的水壺，和一副在寒風裡飄盪的塑膠骷髏。

萬聖日

十月中旬的某個日子裡，郵差將一封信推進大學鎮柯廷家門縫底，若是再晚一些，那封信恐怕就會被幾個街區外的瘋婆子收走，那個瘋婆子近日經常撐著一把傘，在街道間遊蕩，跟著郵差的屁股沿路收取郵箱內的廣告單、門縫內夾著的水電繳費通知，瘋婆子有一口大麻袋，所有紙張被扔在裡頭，若是再晚一些，柯廷便收不到這封信。

十月對柯廷而言是值得紀念的月份，他會想起蛋仔年幼時打扮成復活節蛋的樣子，萬聖夜挨家挨戶要求糖果，跟在蛋仔身後的柯廷往往像個幽靈，他不願讓蛋仔發現自己，他甘願做一個沉默的幽靈。

如果那天柯廷晚一點出門上班，或許他能從郵差手中親自收下這封信，但他素來在七點出門，郵差送信到他們家時總算準八點十分。蛋仔大學畢業以後先替他們蓋了一棟房子，其後便一直處於待業狀態。收信與顧家的工作因而統統交給了年輕男孩，於是乎，柯廷下班回家往往會在打開門後疲憊地撿起滿地廣告單與政府信函，他會若無其事經過蛋仔的房間，假心假意詢問顯然尚未用餐的男孩吃過飯沒？

蛋仔的回答通常只是幾聲哼哼，他打了一整天的電玩遊戲，眼睛裡布滿血絲，榛綠色瞳孔也變得像廉價酒瓶玻璃那般顏色。

很久很久以前，他們一同在曾是麥田的建地上蓋房子，下工後蛋仔躺在沒有屋頂的工寮地毯上等柯廷做晚餐，一面讀著小說《麥田捕手》，他已經看了好幾次了，蛋仔像一隻大型貓科動物般伸展肢體，對年長者說：我以後想要寫作。

你想當個小說家？柯廷溫柔地問。

蛋仔做個鬼臉：大概吧。

他們的政府為年輕一代制定了偏心的律法，縱容男孩鬼節的搗蛋以及他們吐舌的行為。

柯廷揚起平底鍋，讓煎蛋完美地翻面。

蛋仔畢業一年後開始找工作，找得十分艱難，男孩過去就讀文科，處心積慮想要一份和圖書業有關的職務，但投出的履歷一概石沉大海，蛋仔起初還懷抱希望，搓著鼻子朝柯廷大笑：他們比較想用有經驗的人嘛。

但其實只有兩種方法讓蛋仔得到他喜歡的工作，第一種是讓柯廷替他介紹，第二種是拿個低廉的薪資進入公司實習，最少三個月，他才能勉強得到足以溫飽的待遇。

蛋仔不願意倚靠柯廷，他說自己並非沒有尊嚴，蛋仔也不願同意低薪，如果他甚至無償實習，代表柯廷還得養他幾個月，同時他更會對不起同樣剛畢業的朋友，只因他們無法和廉價的他競爭。

蛋仔堅持自己的價碼，而時光匆匆流逝，年輕人綠色的眼睛裡出現對世界的恨意，他脾氣暴躁，彷彿回到青春期。他愈憤怒，柯廷愈冷靜，他們之間缺乏交談，柯廷幾乎可以在蛋仔的眼神裡讀到：你為什麼不幫幫我？

他看著年輕人套上厚重夾克，走入秋天寒冷的清晨前往一個又一個面試地點，他看著昔日深愛女子的兒子在現實中不得不低頭，受辱、難堪、妥協與臣服，柯廷不確定自己的做法是否正確，畢竟，所有人長大前都必須經歷這麼一段殘忍的過程，如果蛋仔無法從中學習，變成社會所需要的那種人，他將無法在未來的現實世界裡存活。

直到有一天，柯廷收到政府給予蛋仔的補助金，一個月五千元，收到那筆錢蛋仔笑了，帶著猶豫和雜質，他的笑容不再那麼純粹，柯廷同樣喜歡蛋仔這個笑容，他感激從號令基地發出的每一項指示，補助金令蛋仔安心，他不再出門尋找工作，相反地，他告訴柯廷自己打算寫一本書。

十月三十一日前一天，柯廷在屋門邊撿到經過擠壓變形的政府信函，距離柯廷的六十歲生日還有半年，彼時他準備去燒一壺水，他在不鏽鋼壺中加入過濾水，擺在瓦斯爐上，開火。隨後雙手將信函攤平，以一把餐刀剖開信封，柯廷拿出其中經過折疊的政府通知信，無言閱讀上頭寥寥字句，他看了第一遍，緊接著又讀了第二遍。

期間，蛋仔走入廚房，和他大吵一架，柯廷嚴厲地振振有詞時目光穿過流理台上方的窗子，望見鄰居家繁複的萬聖夜裝飾，幾顆碩大橙黃的南瓜被雕刻出詭譎的笑容，一副塑膠骷髏飄盪於屋簷，黑色的燭火散布階梯，垃圾袋幽靈滾動在風裡。柯廷吸入一口冰涼蕭瑟的空氣，轉頭和驟然間沉默不語的蛋仔對視，他看見他的男孩已經長大成人，那張年輕的臉擠皺出痛苦與憤怒的神色，緊握的拳頭隱忍地顫抖著，他聽見男孩說：「為什麼你們這些老頭子占著茅坑不拉屎，你們為什麼不去死一死，這樣，我就可以取代你們，得到想要的工作。」

柯廷望著男孩。

你想成為巨大機器裡的一顆小螺絲釘嗎？你想學會喜怒不形於色，或者無情的藝術？

柯廷來不及對蛋仔說：我會對你這麼殘忍，是因為我已經沒有機會了，但你還有。

他說不出口，他曾希望將男孩永遠置於自己的保護之下，希望蛋仔面對世界的殘酷而能不破碎。政府寄送的滌淨通知函擱在爐火邊，水滾時不鏽鋼壺咻咻作響，蛋仔轉身離開廚房。

那是他們最後一次交談，之後，蛋仔走了。

隔天早晨，鬧鐘在五點半響起，人到了一個年紀，起床會變得愈來愈困難，柯廷按掉鬧鐘，望著天花板發了好一會呆，十分鐘過去，他才恍恍惚惚地回憶起和蛋仔的爭吵，年輕人因情緒激動發紅的面頰，明亮的榛綠色雙眼彷彿蘊含火焰，柯廷催促自己趕緊起身，替蛋仔做一頓富含蛋白質的早餐，好讓他倆在吞入第一口早茶前和好，他按著膝蓋慢慢直起腰背，將床沿一堆小山般高、尚未整理的洗淨衣物挪到床鋪中央，在那兒，他挑選了最符合萬聖氣氛的蝙蝠俠卡通襪子，那是蛋仔剛畢業時買給他的。

柯廷安靜地走下樓梯，來到廚房，那封政府信函早已被收妥，瓦斯爐邊此刻擺放的是另一封信，沒有信封，只是一張折過三次的影印紙，上頭有蛋仔歪歪扭扭的字跡。

無論那封信的內容是甚麼，柯廷都沒有與其他人分享的意願，他將蛋仔留下的信藏好，和他提早收到的政府信函擺在一起。

他走出屋子，在他們安靜的小社區裡來回行走，幾度與撐著傘的瘋婆子擦身而過，他這才想到或許這名可憐女人也在尋找自己離家出走的孩子。

柯廷走過幾個街區，感受街上強烈的節慶氛圍，此時已有好幾個孩子穿著怪物或英雄的服裝沿街奔跑，他們討論著自己想成為甚麼以及不想成為甚麼，而柯廷是他們沉默寡言的幽靈，不少孩子因興奮輕忽之故撞上年長者的腰，他扶住他們，修正孩子奔跑的方位直達一條不那麼坎坷的路途，他送他們歡欣鼓舞地離開。

柯廷憶起，蛋仔剛開始尋找工作，請他替自己檢查以電腦繕打的履歷，上頭有個需要填寫「希望的工作職稱」表格，蛋仔在網頁上叫出幾個選項，一直到軸頁最底端，都沒有令年輕人滿意的職稱。

「我想要的職稱根本不在表格上。」

「是嗎？你想要當甚麼呢？」柯廷打趣地問：「一名小說家？」

「不，我想當麥田捕手。」蛋仔讓手臂遮掩表情，發出一串悶悶的笑聲。

柯廷一遍又一遍在街上走，直到天色昏暗，他不得不回到家裡，將大門深鎖，躲藏到地下室去，因為他無法面對孩子們來向他要糖，他會想起蛋仔假扮醜山怪、超人、復活節蛋的模樣，他在地下室一張彈簧突起的沙發上屈起身體，感受脆弱的骨骼一節一節彎折。柯廷從沙發的位置眺望氣窗，看見枯樹枝搔弄月亮，他慢慢讓全身重量沉入沙發，地下室瀰漫薄霧般的藍，陰影隨銀色月光漸次挪移，此時此刻，他希望蛋仔會回來，他呼吸著帶有灰塵的寒冷空氣，想像自己入睡後被年輕人輕輕搖晃，他張開眼，蛋仔會對他微笑。

柯廷閉上眼，半夢半醒間察覺自己正打呼，他從五十歲開始呼吸系統嚴重退化，打起呼來震耳欲聾，他甚至常常被自己驚醒，和蛋仔第一次到森林露營，年輕人不留情面嘲笑柯廷，那時他們的屋子還未建好。

很多美好回憶都發生在屋子建好以前，柯廷不斷地想，在夢中不斷地回憶，蛋仔畢業時與自己握手，臉上掛著自信不羈的笑容。

他睜開眼，不是被蛋仔喚醒的，而是他突然有所省悟。

他必須去把蛋仔帶回家。

為了堅定這份決心，柯廷摸索披掛椅背的外套口袋，找出政府寄送的官方信函，以及蛋仔寫給他的短信。

勞工保險局99年滌淨提前通知

說明：

一、依號令基地04年須布七十歲以上滌淨法，第099978414號令釋，本局發布之滌淨令消息，應以實際頒布之日期為準。

二、依號令基地本年度新增條款，40年後出生之國民，應提前於六十歲實施滌淨。

三、本通知送達經確認無誤，將自動取消受滌淨者出國旅遊之權利。

四、欲針對滌淨日時間提出申訴，請備妥出生證明與個人證件，填寫附件表格親送或掛號至本局。

受滌淨人：柯廷（國民編碼：A214121997）

滌淨日：99年5月4日

＊＊＊＊

這段時間十分謝謝，不是你的錯，是我自己受不了，找工作痛苦無比，我知道本該如此，但對我來說最痛苦的不是薪水很低，或者被人佔便宜，我最難過的是不被需要……比起夢想，我更願意成為一個被需要的人，這就是為什麼我必須離開，這裡是一池溫水，而我是一隻白癡青蛙，有一天我會死的。

再見。

愛你的　蛋仔

收到「滌淨法令解說通知」的三十歲國民，同時必須簽屬一份保密協議書，禁止提供不滿三十歲者與滌淨法有關的任何資訊，這是為了讓他們相信自己的成長過程沒有傷害到任何人。

然而，打從他們出生時接受第一劑疫苗注射、免費就讀小學、中學、高中與大學，他們就犧牲了自己的外公、外婆、爺爺、奶奶。年幼孩子們共有的記憶，是在一個早春或其他季節的午後，他們瘦弱無力的長輩搖搖晃晃走出陰暗的屋子，向幾名身著號令基地制服的士兵顫抖地致意，在他們體貼的攙扶下坐進黑頭車裡，從此一去不回。柯廷對自己的父親尤其印象深刻，四十歲時，他替父親收取滌淨日通知信，他讀那封信給年邁重聽的老父親聽，老父親還有些阿茲海默症的症狀，一再要求柯廷重複信件的內容，最後那老人懂了，他意識到自己即將同多年前病逝的妻子一樣邁向死亡之途，柯廷的父親朝兒子露出無牙的笑。

三天後，號令基地滌淨局的人便來將老人帶走，柯廷木然望著那幅座車遠去的畫面，卻有那麼一瞬間，他想追逐乘載他父親的黑頭車車尾，想大吼大叫、撕扯頭髮，他願意失去十年的寬裕生活只求留下他理應安享天年的父親。

可柯廷當時還有滿山滿谷的工作要做，再者，奔跑追車會令西裝濕透，散發汗味，更別說對於一名成年男性而言這種行為有多麼不得體，所以柯廷只是皺眉靠在門邊，目送父親的車消失在街道盡頭。

當蛋仔得到第一筆待業補助金，柯廷就想起了自己。他年輕時也和蛋仔一樣，視被別人需要為頭等大事，曾有的夢想並非被現實消磨，而是遭愧疚蠶食，他怎樣也無法龜縮在父親家裡寫作，就像蛋仔無法龜縮在他的家裡寫作。

但是那年輕人真有那麼痛苦嗎？柯廷從沙發椅上坐起，走出地下室回到客廳，蛋仔沒帶走太多東西，他喝空的茶杯還放在自己房間的電腦主機邊，柯廷想，他是匆匆離去的，也許有人慫恿他，像哈梅爾的吹笛手帶走一整個小鎮的孩子那樣。

柯廷回到自己的房間，開始收拾行李，他一面收拾，一面想起上一回蛋仔替他準備出差的行李。男孩將各種顏色的襪子放進夾層，每一隻都與眾不同，無法湊成一雙，他挑選最舊、最破爛的內褲給柯廷帶走，自己偷去乾淨嶄新的平口內褲。柯廷抓到蛋仔這麼做，看見年輕人伸出手摀著嘴，笑得無憂無慮，蛋仔的手就像他的母親，修長白皙，是一雙藝術家的手。

開學日

一顆九公厘手槍子彈一面旋轉一面劃開空氣，銀色的外圍因高熱而扭曲，緩慢旋轉，幾乎是悠悠哉哉。它身邊，每一件事物均以極為緩慢的速度發生。它是一顆很慢的子彈，底火摩擦，火花閃爍，它甚至並不樂意離開冰冷的槍管，火藥煙硝在它身後拖出一條無形的尾巴，這顆子彈堅硬地飛向半空。

它可能不會傷害任何東西，或者接近任何表面，直到推動它的力量止息，但它是被瞄準的，這顆子彈打從自模型中被倒出，便注定要瞄準目標，正中紅心。

它的主人是個不知名的年輕學子，在校得過書卷獎，笑起來靦腆害羞，不曾交過女朋友，一頭蓬亂捲髮，有著一雙孩子氣的眼睛。

這顆子彈等於是被那雙眼睛瞄準而發射的，它旋轉著將世界破開為二，彈頭頂端終於在這過於遲滯的行進過程中遭遇屏障。

人類的皮膚溫熱地抵抗著它，帶著堅定而溫柔的意志，子彈前進一公分，那片皮膚則努力前推零點零一毫釐。

子彈最終會壓過血肉，子彈頂端早已搔過皮膚上的毫毛，現下令其燒焦，被削尖的子彈頭部緩緩陷入那屬於人類額頭的皮膚，皮膚表面有些濕亮，是汗水之故，子彈更往前鑽，一點一點，彷彿這額頭的女主人不久前曾被年幼兒子輕撫額頭的力度，這顆子彈在該人類無法察覺的瞬間，完美仿效了將令她無比懷念的親愛感觸。

子彈得寸進尺，壓著血肉輕觸頭骨。這有些疼痛，是被銳物惡意牴觸的疼痛，並非不能忍耐，卻讓人相當不舒服，再多一些，人類就會尖叫。

子彈的速度此時增快了，乍聽之下不合邏輯，遇到障礙物卻加速旋轉的子彈像跳著無人能見的死亡之舞，越過了人類的極限，初次撕裂皮膚，燒燙鮮血，溫熱、炫目的景色從它周身經過。

前方已被不明的衝擊打開甬道，肉瓣在它四周綻放，柔軟輕顫的粉色與流溢鮮紅，微弱且燦爛的電流蔓延各處，這顆逐漸毀壞的大腦葉肉呈現出其主人七彩斑斕的記憶，將銀色子彈的表面照耀得繽紛不已。

子彈慢了下來，像洗車機器裡的一台小車，裡頭裝著興奮的孩子，這顆子彈緩慢地、緩慢地，經過所有痛苦與哀愁，破壞這顆曾清晰有條理、裝滿智識的大腦，同時不經意地，在最後一次摩擦下刺激影像皮層持續為女主人播放年幼稚子的模樣。

她的兒子有一雙榛綠色的眼睛，她的兒子是她的唯一。

這顆子彈不會令她當場死去，甚至還會堵住血管，阻止過多失血，會讓她有時間得知丈夫比自己先行一步死去，也會讓她能夠斷斷續續對昔日的恩師交付失依孤子。

她會在兒子踢蹬雙腿的景象中嚥氣。

回來！回來！

哦，子彈聽見了甚麼人在身後呼喚它，是鬼魂、校園槍手的良心，或者硝煙瀰漫的槍口在說。

但此時已沒有誰能夠阻止。

聚會日

艾莉絲塗白的老臉像一隻半魚，發光地靜靜游曳在黑暗中。柯廷於幾步之外跟隨。赤裸的枯枝從他們頭頂經過，巨大無星的天空在上方滑行，北風寒冷地拍打他們乾裂的面頰。不多時，他們抵達了早已棄置的小學校。

柯廷聽見了鋼琴聲，像是從很遠的地方傳來，甚至無法肯定真實與否。他們穿越小學校的後門，來到操場集會處。

那兒已經升起了篝火，數十名滿臉皺紋的男性、女性面無表情或站或坐，專注於司令上的男人。

他留著鬍鬚，連同頭髮一併斑白，聲音卻有力道，他面頰紅潤，聲嘶力竭大放厥詞，揮舞拳頭，富有情緒的聲音在北風中聽起來卻如喃喃細語。

司令台旁有一名高瘦、馬臉的女人，她的臉看上去充滿無暇自顧的悲傷，殘酷而謹慎地看望講台上的男人，致使柯廷有一瞬間誤以為他們是同個意志下的兩具身體。

「我們的成員遍布全國。」司令台上的男人說：「甚至遍布全世界，任何地方都有我們的人，記住今天吧，各位朋友，儘管你們已經垂垂老矣，革命也不只是年輕人的專利，他們有甚麼了不起呢？憑甚麼為了他們毫無希望的未來就得犧牲我們的性命？」

他每問出一個問題，就將麥克風對準台下群眾，等待他們給出一個憤憤不平的答案，即便大多數人只是禮貌性地點一下頭。

「我想請問，」一名口齒不清的老先生顫巍巍舉起手：「我想請問，已經違反的老人，你們怎麼……怎麼藏他們？」

「你想說的是『違反滌淨法的老人』我們如何保護他們。」男人沉吟道：「是的，不瞞你說，我已經六十好幾了，躲藏號令警察的追捕需要一些特殊方法，除非加入革命軍，恕我無法提供，但我可以肯定告訴你，革命軍內最年老的成員有一百五十一歲，他才是真正的精神人物，除此之外也有八十歲、九十歲的成員，我們派遣多名新進成員貼身保護，並頻繁更換藏匿處，我絕不允許這些人受到任何傷害。」

「我已經七十歲了！」老先生激動地噴出口水，同時蹣跚步上司令台：「我要加入！」

氣氛瞬間沸騰，打扮得體的老人們開始嘰嘰喳喳吵個不停，急得面紅耳赤，他們有的說「我還不想死」，有的說「憑甚麼為了不堪磨練的年輕人犧牲自己」，也有還未違反滌淨法的中年人從法律人權上談論這項議題，以及滌淨使用的手法人不人道，大夥席地而坐，圍成幾個小圈子討論熱切。

這時司令台上的男人走向柯廷。

「我是恩尼。」他與柯廷握手時，嘴角還閃亮著因長時間說話而分泌過剩的唾液痕跡。

艾莉絲離開他們，到幾個討論圈中分發報名表與傳單，恩尼親暱地攬住柯廷肩膀，引領他接近夜晚中闃黑的建築。

如此，恩尼對柯廷介紹了廢棄小學校裡各間教室的用途。社會科教室用於演講和制訂抗議活動計畫，美勞教室和自然教室用於製作示威海報，以及偽造身分證件、滌淨通知函，音樂教室用於社交與休閒，大多時候還是讓革命軍成員練習軍歌等振奮精神的音樂，其他教室則移開桌椅，在地面鋪上舊衣物供體力不佳的成員休息，那個房間多的是違法逃脫滌淨日的老傢伙，他們席地而眠，經常陷入沉睡，早已不知世間變化。

柯廷佇立於社會教室門口，看見一群老人縮著肩膀、蜷著膝蓋擠在專為兒童設計的狹小桌椅之間，極盡所能仰頭專心聽講，試圖弄懂黑板前講師的每一句話。

正在黑板上鬼畫符的是柯廷方才見過的馬臉女人，當她停下講述，柯廷才猛然意識到自己竟然無法記得她的聲音，直至她以手勢宣布解散後走向門口，女人向柯廷介紹自己：「叫我瑪格麗特。」她的聲音低沉沙啞，幾乎不能認出性別，也讓柯廷難以想像她以這個聲音對革命軍成員們講話。瑪格麗特走向操場邊的榕樹下抽一根菸，她說出的每一個字都像不曾說出，她的語詞是煙氣的本體，倏忽即逝。

「你為什麼會來這裡呢？」她問。

柯廷想起他在公園與艾莉絲低調的會面，艾莉絲也曾如此問過他。

「我想找我兒子。」

「他不是你兒子。」瑪格麗特看著他，毫無表情的面孔流露一絲智慧。「艾莉絲對我們說了好多關於你的事。」稍後她補上一句，顯得庸俗而有些得意。

「我聽說你們準備前往黑山島，蛋仔在那裡，我想要活久一點，不求多，只要再一點，只要讓我再見他一面。」說著，柯廷有些哽咽：「讓我對他說最後一句話。」

「別說你很抱歉。」瑪格麗特提醒：「我們甚麼也不欠他們。」

瑪格麗特回到教室上課，柯廷在外頭忍受寒風，聆聽他們唸起一首詩，關於經驗有多麼重要，活過的歲數猶如寶藏，他們每個人的內心都如金子般閃閃發光。

恩尼不知從哪兒跑來，熱汗涔涔，帶柯廷到昔日製作營養午餐的廚房觀看如今的兵工廠。老男人從老女人手中接過方才聚會時向群眾募捐的金屬首飾，將飾品分門別類熔製成彈頭與刀劍，滾燙的金屬溶液被倒入模型，卻由於手藝差勁，製作出的兵器奇形怪狀，刃處粗鈍。老傢伙們只好一再溶解成品，重複吃力工作。

恩尼向柯廷解釋，這些老人並非真的技藝不精，他們過去是金工與冷兵器的鍛造師傅，只是現在普遍患上了帕金森氏症，手抖得鍛造不了銳器。

「這不能怪他們。」恩尼說：「反正我們也還不打算走到這一步，玉石俱焚對誰都沒好處，我們更重視讓大眾了解我們的心聲，還有最根本的真相——所有人都會變老，老人曾經是孩子，年輕人總有一天也會步入滌淨室，我們現在從事的革命行動，無非是為了即將成為老人的下一代啊。」

柯廷嘟噥著：「你說的沒錯。」恩尼便領他前往另一處祕密地。

在寬敞、洗手台普遍低矮的小學廁所裡，柯廷看見艾莉絲同幾個老女人坐在廁所鏡前梳妝打扮，令他意外的是，早先還在教課的瑪格麗特也站在那裡，語聲沉沉地指示他們該怎樣將自己打扮得更年輕些。

「我們讓比較年輕的成員到街上發傳單。」瑪格麗特說罷狠狠瞪了艾莉絲一眼：「但她怎樣都講不聽！」

「我很年輕。」正給自己塗口紅的艾莉絲回嘴道：「我只有八歲呢。」

柯廷出於好奇問出抵達此地後的第一個問題：「如果他們被抓到，總會進行精密的檢查，那該怎麼辦才好？」

「我們在美勞教室製作假證件，你剛才看過了，雖然紙張品質不佳，著手修飾的可都是二十年前有名的藝術家，他們能把防偽線呈現得完美無缺，兩張紙擺在一起也看不出任何差別。」

午夜到來，操場鐘塔響起鐘聲，整整敲擊了十二下。柯廷被帶到保健室歇息，那兒的床最為舒適，白色小房間裡陳列假人與測量視力的圖表，靠窗的位置已有人占用，並且高高拉起帷幕，誰也看不見裡頭模樣。

柯廷打算休息，但恩尼和瑪格麗特當著他的面討論組織未來的行動，由於滌淨法年齡調降將在本週日正式宣告，市民廣場上年輕有為的三十歲市長預備對大眾進行一場激勵人心的演說，恩尼認為革命軍第一場示威遊行勢必得在本週日舉行。對此，柯廷禮貌地詢問策畫此項行動本身是否即為違法。

「那又怎樣，他們不當我們一回事。」瑪格麗特冷冷地說：「想想吧，加入革命軍的人限制須達五十歲以上，再放一陣子我們就老了，不合法了，誰都能在街上狩獵我們，抓進滌淨間裡等待行刑日來臨。我敢說真正開始示威時場面一定很可笑。」

帷幕中傳來一陣咳嗽聲，瑪格麗特頓時閉嘴，恩尼低聲告訴柯廷，他倆會在操場同決策小組計畫週日的示威遊行，如果他休息夠了，或者無法入睡，儘管到司令台參與密會。

兩人離開後，柯廷獨自發了一會呆，暗想事情如何發展到這個地步，他加入了革命軍，而且看上去十分受到重用，革命軍領袖居然將他安排在舒適的保健室裡過夜。身邊再度傳來咳嗽聲，打斷柯廷的思緒，他禮貌地詢問鄰居是否無恙。

「我很好。」帷幕中傳來的聲音十分喑啞：「你是新來的？」

「是。」

「那我就是最舊的。」

「啊。」

「對，我就是他們宣傳中號稱最老的革命軍成員。」

「您今年貴庚？」

「一百多歲，實際上，忘了。」

「他們說您有一百五十一歲。」

「這我可不敢確定。」

「您為什麼獨自在這裡呢？」

「我是他們重要的宣傳品，但老實說，我基本上已不可能活著，這段苟延殘喘的時間都是以機器延續我的生命。」

「……我很遺憾。」

「沒有必要，我總覺得自己是為了反對一些東西，才願意卑屈的活著，他們沒有告訴你我的故事嗎？」

「你聽上去也是個失去愛人的可憐蟲，你之所以加入革命軍肯定是與我相同的理由。」

「我恐怕……」

「請您說說。」

「那是一段可怕的日子，我等待我愛的人滌淨日到來，前一晚我和她睡在一起，感覺並不美好，甚至更加糟糕，我不確定自己醒來時她還在不在，她和我約定，那些人來帶她走的時候不要反抗，於是我連為她抗爭都感到畏縮，如果我為她而戰，那些人可能將不會善待她，在她最後的日子裡，我希望她過得平靜安穩，但這件事的本質始終是暴力的，我們撐著不睡，看著對方流淚，不曉得怎樣算是真的珍惜，我想要明早清醒記住她離開的那一刻，但我也不想睡著失去她疲倦的苦笑，我不知道怎樣才能阻止，隨後我了解根本無法阻止，絕望的聲音就是時鐘的聲音，最後我不再碰觸她，也不再凝視她，我麻痺了，我拒絕相信自己經歷的是現實，相信在這個世界上，有人不會像我一樣愛她的皺紋，她既脆弱又無辜，而我完全不能保護她……」

柯廷沒有認真聽，他躺在床上，耳邊迴盪著老革命軍成員的叨叨絮語，拼織出一曲催他入夢的歌謠，柯廷勉強睜著眼，閉上，再度睜眼。恩尼與瑪格麗特斷言今晚他將不得安眠，他不想讓他們失望，可事實上，他睡得像嬰兒一樣甜。

第一枚催淚彈滾入社會科教室時，那些輪流發表政治感言的老年人全都猝不及防，激昂的言詞被打斷，咳嗽與噴嚏聲不絕於耳，他們趴在地上痛苦哀號，爬出教室尋找自來水沖洗刺痛眼鼻，第二枚催淚彈之後強力水柱沖擊在操場上逃竄的革命軍成員。

柯廷從床上驚醒，身旁圍繞恩尼、瑪格麗特、艾莉絲與幾個他叫不出名字的人，恩尼說：「我們該走了。」

「其他人呢？」

艾莉絲搖搖頭。

「他們本來就沒想加入。」瑪格麗特接口：「不瞞你說，這麼長時間裡我們的新成員就只有你。」

無怪乎他們讓我睡最舒適的床。柯廷想。轉瞬又問：「那音樂教室裡的老人呢？還有鍛造兵器的師傅們？」

「他們願意幫忙，因為我們可以庇護他們，卻沒有誰願意在入會志願書上簽名。」恩尼對著所有人點點頭：「這個房間裡的人才是正式成員。」

「但也沒必要悲觀。」瑪格麗特說：「非正式成員有他們的好處，譬如說，星期日我們還要依靠他們壯大遊行。」

談話間帷幕裡的老人被幾個壯碩的老傢伙搬了出來，他哀叫不已，全身皺巴巴的裹著床單，身材又瘦又小，像是會就這樣一點一點消失不見一樣。柯廷一面觀察這些人，一面迅速換好衣服，和大夥一同自窗戶逃出。

畢業日

柯廷照常在五點四十五分起床，掀開蓋住肚皮的毛毯，體內的緊繃暗示著缺乏睡眠，他坐在床上，看著他的毛毯，他的床，他床邊露出一角的床單，他尚未摺疊已然洗淨的衣物，一隻襪子落在地上，他慢慢撿起襪子，起身到浴室盥洗。

他沒有看鏡中的自己，畢竟這是他每日的例行公事，持續好多年了，他不需要看也能刮鬍子、刷牙洗臉。他在全身鏡前繫領帶，快速地打一個半溫莎結，穿上深色西裝，將仍沉睡的腳塞進皮鞋。

這時候出於必要性，他才終於看向自己，鏡中的自己，他對自己伸出手，想像面前有一名學生，笑盈盈，略微緊張地舔舐嘴唇，他們會目光相對或者不會，他握住學生的手，在想像中，他的手乾燥而溫暖，學生則掌心潺濕，他聽見學生細若蚊鳴的輕語：柯廷教授……不，沒有人會這樣稱呼他。教授。應該如此。學生握手的力道有時顯得太重，有時顯得太弱，那將是最後一次他可以教導他們，未來該如何握手。

他的學生穿著畢業服從他面前離開，到下一位老師身旁，再度握手、回應祝福，完成所有儀式。

隨後柯廷便發現他已整裝待發，在早晨，他通常有些茫然未醒，他提起自己的公事包，環顧仍保留昨夜情狀的客廳，壁爐邊一杯喝乾的威士忌酒杯，一本書，一柄塞緊菸草的菸斗。他突然想起一事，一名特別的學生曾問他的問題，他勢必得在今天給予解答。柯廷拿起那本書——普拉絲的《精靈》，他將這本書放進公事包內。

做為一名鄉間大學的教授，柯廷就住在學校教職員宿舍裡，他一直委身於此，並非他十分樂意，而是因為他和幾名同事老早就在十年前買下學校附近的一塊建築用地，打算蓋他們夢想中的房子，他們這些準備好為教育付出一生的老東西，一磚一瓦蓋他們美麗的房子，已經過了整整十年仍尚未開始動工，中間出於各式各樣的原因，他們的計畫受到多方打壓，使得參與建案的老教授們進退維谷。

柯廷騎自行車前往文學院，一路欣賞路邊高大的老橡樹，他看著這風景有好多年了，現在他能夠做到一邊騎車，一邊思考待會課堂上的演講，他想著該怎麼回應學生上個星期提出的問題，他想像學生會在課堂前問他，或者課堂之後。

他在即將抵達時揚起腿，讓自己安然地站立在快速滑動的自行車旁側踏板，在停妥之際躍下車體，輕快地奔跑幾步緩衝速度，這時他看見學生坐在教室外的長椅上，含著筆蓋在筆記本上塗塗畫畫。

柯廷意識到距離上課還有一段時間，他有些意外於自己早到了這麼多，他的學生也是，年輕人盤坐的膝蓋上有一個咬過的三明治，面前有一杯冒著熱氣的咖啡。

柯廷走上前時很快被注意到，他的學生抬起頭向他打招呼，那雙綠色的眼睛裡充滿閃爍的笑意。

「早安，教授。」

「早安，蛋仔。」柯廷猶豫地唸出年輕人的綽號，引起對方臉上友好的一抹微笑。

柯廷好奇地端詳眼前的學生，對於一個問題被提出直到解答的時差性，或許就和一本小說被寫就，最終付之實體與讀者見面，有相同延遲的浪漫。儘管如此，一名學生在一週前提出問題，而一名老師決定在下週課堂上給予回應，這份對時光的虛擲，或者有意識地等待，無論如何都令柯廷感到遺憾，在這一星期之間，他曾想過為什麼像這樣富有求知欲的學生願意耐心靜候，暫且拋卻問出問題時的焦慮不安，投入到他富有青春熱度的繽紛生活？難道知識的疑問不夠迫切到使這孩子入夜後輾轉難眠，迫不及待想趕緊從傳道者口中攫取？又或許柯廷錯怪了他，一名學生願意等上一週來聆聽問題的答案，足以顯現他很有禮貌，懂得這份如拋接球般的無形默契。柯廷從公事包中取出普拉絲的詩集，拋出了那顆球。

「關於你上週的問題。」柯廷說：「答案是對，我喜歡這位詩人，可惜她一生的光芒幾乎都被身邊的男人掩蓋掉了。」

蛋仔臉上的表情閃過一瞬間的僵硬，他嘴唇上的筆蓋差點就要掉落，尖銳地提醒柯廷一項事實——哦這一點也不讓人意外，他年輕的學生，早就把自己上禮拜提出的問題給忘個精光了。

「呃。」蛋仔尷尬地用筆桿搔頭，笑得天真無辜，他靈動的眼睛四下閃躲，好不容易終於理解地回應：「啊！是爹地嘛！」他下意識地喊了出來，又覺得不妥，他臉頰上暖暖紅紅地浮現了羞怯：「我是說，普拉絲的〈爹地〉。」

「你在黑板上寫下那段摘錄，讓我很感興趣。」柯廷從善如流地接話。

上週二，課堂結束後蛋仔趁著柯廷正回答其他人的問題，悄悄於黑板角落寫下普拉絲的詩作〈爹地〉摘錄：

你下葬那年我十歲
二十歲時我就試圖自殺
想回到，回到，回到你的身邊
我想即便是一堆屍骨也行

「你為什麼會選擇這一段呢？」柯廷說：「這一段是最缺乏背景，同時能夠投射最多私人情感的文字。」

教授憶起上週的蛋仔和現在的蛋仔同時存在微妙的不同。

上個星期的蛋仔，在課堂結束後沉默、近乎乏味地等待柯廷回答其他人的問題。年輕人毫無爭取意願，等待時無聊地以鞋尖在地上畫圈，又忍受不住必須做點甚麼的渴望，所以他在黑板上寫字，最早也許更想要塗鴉，但柯廷向來呈現給學生們的印象是嚴肅、一絲不苟的。蛋仔最終沒有塗鴉，改為寫下詩句。直至最後一名學生得到屬於自己的問題解答，高高興興離去了，蛋仔這才願意慢吞吞地接近正收拾講義的柯廷，彷彿他小腦袋裡的問題其實是不重要的。蛋仔那時說起話來乾澀、空洞，彷彿他醞釀這個問題已久，使得脫口而出時都已難保其新鮮。

老實說，柯廷已經忘記蛋仔的問題本身。

他只記得自己收拾完畢，準備離開前四下環顧，發現黑板還沒擦，蛋仔注意到柯廷的視線，表明會收拾黑板上的字跡，柯廷立刻點頭，他還有其他飯局，無法繼續待下去，他回頭看了看黑板，發現了年輕人留下的詩句，他太過匆忙了，就那麼告訴蛋仔下週會回答他的問題，同時讓大腦將寫有詩句的黑板一角收入記憶，事後回想，才發現那段摘錄的詩詞，說不定是來自一名年輕人隱晦的真實自白，而柯廷卻在匆促之下將蛋仔與他的真摯徒留空蕩蕩的教室。

柯廷已經忘記蛋仔的問題，他只記得年輕的學生站在教室中央，遠遠地向他保證會擦乾淨黑板、關掉所有電源的模樣。

「我認識你的母親。」柯廷說：「我很抱歉從沒說過，但我認識她，我明白你的痛苦。」

蛋仔張大眼睛，筆蓋落了下來。

那讓柯廷說不出口：挑選新生時他為他辯駁過，入學時看著這名年輕人獨自將行李箱拖入宿舍，第一堂文學史課程，蛋仔由於校外打工的關係在柯廷面前打起瞌睡，那讓這名教授放輕了語調，他不在乎坐後頭的人聽不聽得到，《白鯨記》第一段：**叫我以實瑪利**。怎麼會比蛋仔的夢更加重要？或者更加意味深長？

柯廷看著蛋仔，而後者沒有更多反應，他抓著頭髮突然燦爛地笑了，瞇成兩條細細的眼縫，年輕人的笑容具有感染力，讓柯廷也不禁揚起唇角。

「哇，這真是，太酷了。」

「你只有這點想法？」

蛋仔聳聳肩：「我知道我媽因為一個朋友的關係決定當老師，現在我想，那是你……對不對？」

蛋仔看起來還想再多說甚麼，但上課時間已經到了，學生們三三兩兩走進教室，不時對他倆投以好奇的視線。

蛋仔於是苦笑地搖了搖頭，他們在教室門口分道揚鑣，一個走入沉默的聆聽者——他們占了大多數——一個則走向他孤寂的講桌。

柯廷凝視底下黑壓壓的腦袋，當他處於這個位置，他將學生們看成渾然一體的象徵，他將所有學生一視同仁，他關心他們的疑惑和痛苦，關心他們人生未來的選擇。

他有一個辦法能夠向集體的學生與個體的年輕人同時間傳遞最終意念。

「在最後一堂課之中，必須要說，我很高興你們畢業了，外頭的世界充滿痛楚，但也無比自由，我不會想念你們，我只是將自己預備老死在這間學校的內心話坦白表露，我不會想念你們，我相信你們，面對現實世界不會輕易碎裂，你們哪裡都可以去，外頭的人會傷害你們，那是因為你們都仍如此年輕，鋒芒畢露、引人注目，你們會一直前進，直到無法前進為止，那使我忌妒，世界的疆域因你們拓展至不可能的寬廣，有一天你們會忘記我的臉、我的名字，你們會停止重返校園探視一個無趣的老學究，而我會很高興，不是從你們口中聽見你們的名字，而是在這永恆不變的圍牆裡，聽別人談起你們的名聲。」

柯廷說完這席話，一下子教室中悄然無聲，也許他們聽得懂，也可能聽不懂，也許有人還昏昏沉沉尚未睡醒，也許有人正偷偷在桌子底下滑手機，但柯廷一點都不在意，他最後說道，現實與社會化的過程，透過普拉絲的詩作〈申請人〉可窺見一斑，且容他為各位朗誦：

首先，你符合我們的條件嗎？
你是否佩戴著
玻璃眼球、假牙或拐杖
吊帶或領鉤，
橡皮乳房或橡皮胯部，

顯示甚麼東西不見了的線跡？沒有，沒有？那麼
我們怎麼給你一樣東西呢？
不要哭。
張開你的手，
空空的？空空的，這裡有一隻手

可用來填補它並且心甘情願
為你端來茶杯驅走頭痛
你怎麼說它就怎麼做。
你願意娶它嗎？
保證絕對

在臨終時為你翻下眼瞼
溶解煩憂。
我們用鹽研製出新的產品。
我注意到你赤身裸體。
這一套衣服如何——

又黑又硬，但還算合身。
你願意娶它嗎？
防水，防碎，保證防
火且防穿透屋頂的炸彈。
相信我，他們會讓你穿著它入葬。

現在你的腦袋，恕我直言，空洞。

我也有這方面的候選名單。
到這兒來，親愛的，走出儲藏室。
嗯，你覺得那個如何？
開始時赤裸如紙張

但二十五年不到他就變成銀，
五十年，就成金。
活生生的玩偶，隨你從任何角度去看。
它會縫紉，會烹調。
還會說話，說話，說個不停。

它做活，沒有甚麼不對勁的地方。
你有了傷口，它就是膏藥。
你有眼睛，它就是影像。
我的男孩，這就是你最後的寄託了。
你可願意娶它，娶它，娶它。

＊　＊　＊　＊　＊

在畢業典禮上，他朝列隊經過的學生微笑致意，和他們一一握手。柯廷獨自在鏡子前練習好多次了，當然不會讓任何學生知道，否則他的威信將蕩然無存。他面前一張張仍稍嫌稚嫩的臉孔來來去去，每一年都有所不同，也毫無不同，他和他們握手，在他們還流露著太多表情的五官之間來回巡視，直到，終於，他過去四年悄然溺愛的學生穿著學士服朝他走來，幾秒前剛被校長撥過穗的學士帽歪歪斜向一邊，蛋仔在幾步之外停下來，他綠色的眼睛就是這般距離也看得出濕潤透亮，蛋仔突然伸手將學士帽上的穗撥回原位，帶著某種倔強神情來到柯廷身邊。

這是多年來唯一一次，柯廷由衷感到不捨，捨不得讓蛋仔離開校園，衝出自己溫暖安全的羽翼之下，他年輕的學生是如此優秀、聰明、堅強。如果蛋仔被傷害了怎麼辦？如果他破碎了怎麼辦？如果他發現自己窮盡生命中最精華的時光去追尋的問題解答，到頭來只是虛無，他會不會幻滅、會不會憎恨曾教導他的師長？

握手之前，柯廷先幫蛋仔調整帽子，在年輕人微微低下頭時不著痕跡替他撥穗，隨後，他們握手。

蛋仔的手是溫暖而厚實的，力道均勻適切，相比之下，柯廷覺得自己的手反倒過於細瘦，甚至因緊張汗濕。他來不及細想，因為蛋仔突然傾身向前，飛快地擁抱了柯廷，他們胸膛相碰，鬢髮輕觸，一股淡淡的鬚後水味被遺留在柯廷肩膀。

接著一切都過去了。

蛋仔走向下一名教授，而柯廷也必須迎接下一名學生。

畢業典禮結束，他們在校園內的人工湖邊巧遇。

不遠處的草地上充斥替孩子拍照的家長，蛋仔形單影隻，一手拿著租來的學士帽替熱汗涔涔的面頰搧涼，好似以為柯廷沒注意到他，蛋仔就這麼呆呆地盯著他看。

「有甚麼問題嗎？年輕人。」柯廷望著波光粼粼的湖面開口。

「嗯……我只是想說，教授你穿西裝真好看。」

柯廷忍不住莞爾：「西裝是我們在成人世界的盔甲，穿西裝的繁複過程則是一種成長儀式。」

「是啊，『又黑又硬，但還算合身』。」蛋仔吐著舌頭：「用普拉絲當課程結尾，不會太絕望嗎？」

「你們的希望那麼多，有一點絕望又如何？」

蛋仔發出一陣輕笑，柯廷想到自己有很長、很長一段時間沒笑出聲過了。

「你說你認識我媽？」

「對，她原本是我的學生。」柯廷回答：「那時我剛當上教授不久。」

「後來呢？」

「後來，你母親成為另一間學校的老師，認識你的父親，他們有意轉到這裡教書，為此我們甚至一起買下那片十年都還沒完工的土地上一小塊房產，說好以後要當鄰居，之後……就是那可怕的事件，我們一起購買的兩幢房子直到現在都還沒完成，有時候我想，也許命運知道我已經不需要了，乾脆就讓整個工程停擺。」

「啊。」蛋仔搖搖頭：「那片土地是甚麼樣子？我是說……那個原本我會住的地方，會和你當鄰居的地方？」

「你想看？」

「可以嗎？」

沒有甚麼不可以的。柯廷想，我早就該帶你去，在你初次踏入校園的時候，或者在你剛失去雙親的時候。但柯廷自認將永遠是個懦夫。當校園槍擊案發生時，他遠在千里之外，直至他接到電話前往醫院見他曾愛過的女學生最後一面，聽她小鹿般虛弱的聲息請求柯廷照料她的兒子。

柯廷擁有一張蛋仔嬰兒時的照片，他在醫院送走深愛女子最後一絲呼吸，院方誤以為他是家屬，將整籃死者遺物交付給他，起初他禮貌地推拒，最終仍竊取了那張照片。他被交付一名孩子的未來，可是他只選擇帶著照片落荒而逃。

柯廷引領蛋仔走往校園附近的預定地，那兒此刻已是荒煙蔓草，他們行走在麥田間的小徑上，沿路有蜻蜓飛舞。

「你為什麼從來不問我在黑板上寫普拉絲的原因？」

「太明顯的暗示說出來會失去文學的意義。」

當然，柯廷知道。此詩的說話者是一名有戀父情結的女子，她把父親當作神，但是他卻死了……柯廷怎麼可能問？年輕人的這番表露靦腆含蓄，充滿文學美感，尤其表露的對象是自己，在柯廷意識到的那一刻，他飄飄然如行走雲端，只得努力隱藏。人到了某個年紀，還會因年輕人的恭維喜不自勝，著實有些可恥。

幾分鐘後他們到了，那塊理想鄉的預定地，尚未建起房屋的原野，當下一片野蠻生長的蘆葦，草葉彼此摩擦，因風吹發出細響，那聲音令柯廷如此懷念。

「就是這裡嗎？」蛋仔問。

柯廷點點頭，他早已忘了當時房屋的設計圖，建造完成的預想，記憶中依稀是一幢白色的洋房，他們個別養了一隻狗，有花園，有樹，有孩子，有柯廷夢中的一切，他本以為自己早已忘卻。

可是蛋仔站在這裡，恍然間，白色的牆面、窗櫺和大門在黃昏夕照中徐徐升起，年輕人從這兒跳到那兒，以一塊石頭做為疆界，聲稱是廚房的格局，還有客廳、臥室和幼犬的狗屋，他從這兒跳到那兒，又從那兒跳到這兒，在他富有活力的躍動中，也在他無限的想像力中，那幢白色房屋一點一滴豎立，猶似它早已存在，只是無形。

「如果沒有人幫你把房子蓋好。」蛋仔突然說：「我來幫你蓋，我之前在工地打工過。」

柯廷吞嚥了一下：「然後呢？」

「然後我想……我們是不是可以住在一起？或是當鄰居？」這個要求乍聽之下幾乎不合時宜，但蘊藏的溫暖效果驚人，令柯廷幾乎哽咽。

我會買一座小島給你，我會為你摘一顆夜空中最亮的星星，我會找到獨角獸，讓你乘牠遠行……蛋仔已經足夠大到不適合說出這些甜蜜天真的許諾，但當他真的說出來，柯廷全心全意相信。

遊行日

週日凌晨兩點零八分，革命軍佔領市民廣場，他們人數不多，約莫一百人，半數達違法年齡，另外半數，在中午市長演講過後即刻違法，因新的滌淨法將在中午十二點過後正式生效，六十歲以上人士必須前往號令基地滌淨室報到。

小學校基地被封，革命軍已無退路，他們不惜背水一戰，高舉抗議布條與旗幟招搖過市，圍觀的群眾個個年輕好看，相較之下這群遊行的老人醜陋不堪，眼珠混濁、皮膚垂皺，不像孩子或小動物能激起他人同情心。

市民廣場另一頭同樣肅殺，反革命軍的年輕一代陣線被稱為超新星，他們在抗議現場貼滿標語：

老人不應該在上班的尖峰時段出門，他們會拖延街道與交通工具中人潮的行進速度，造成生產力降低。

博愛座是給兒童與孕婦的，老年人活得夠久，怎麼會不知道出門必須為自己負責。

原始珍貴的山林環境，不應過度開發或者建造步道，為了觀光業中兒童與老人的需求過度建設是毫無意義的，畢竟兒童還有機會，老人已有過機會。

數十年前的經驗不配指使他人，世界每分每秒都是新的。

不要裝傻，天真已經不適合你們這些老狐狸了。

針對其中一張標語，記者訪問了一名路過市民廣場的女大學生，她困惑地微笑，容貌甜美：「也許……我是說也許，的確不應該讓老人想到哪去就到哪去，如果是我的父母在那個年紀四處跑，我也會覺得很丟臉，一點也不安全，我想，讓他們待在室內是比較體貼的做法。」

反革命軍的年輕人在遊行現場扔擲穢物，和沉默克制的革命軍形成強烈對比，年輕人怒罵威嚇，直到第二批警力到來，他們築起封鎖線，以拒馬區隔出示威者與戶外講台的距離。此時此刻，革命軍首領向一旁的成員示意：第一次推擠即將開始。

柯廷有種不知身在何處的感受，四處都有老朽軀體擠壓他，幾乎將他簇擁著脫離地面，他漂浮著，像是要飛起來了。

第一次推擠行動中，柯廷彷彿看見了蛋仔，他穿著警察制服站在抗議的老人隊伍前方，恪守一條劃分出限制區的黃線。柯廷不禁高喊出蛋仔的名字，人潮向前推進數十公尺，柯廷和蛋仔錯身而過，年輕人像是沒看見自己，一逕的吹哨，拒絕遊行隊伍繼續前行。

他們被推回黃線之外，隨著革命軍領袖的指揮，第二次推擠正緩緩醞釀。柯廷鑽過身邊同伴，來到疑似蛋仔的年輕人面前，擋在他與革命軍之間，彷彿年輕人是萬聖夜裡橫衝直撞的孩子，柯廷伸長雙臂，想擁住他。

夜晚陸陸續續有匿名物資運入廣場，睡袋、食物和飲水陳列於人群中央，革命軍都累了，警備仍森嚴，至少他們阻止了市長演講，同時號令基地發來公文，決定暫緩滌淨年齡調降。

幾個中年男子為革命軍搭設帳棚，帳篷裡有些供人歇息，有些人群圍坐，討論滌淨法、老年人的權力與退休金，有些播放老電影，有些正進行帳篷劇場，不遠處革命軍首領與決策小組成員輪番上陣，神情激昂展開持續一整晚的演說。

柯廷突然間對他所屬的團體感到疏離，於是步步遠去，低頭觀望每一座帳篷裡的活動情形。

在某一座帳篷中，有個男人輕聲細語道出思想，他的聲音沒有感情，卻充滿起伏，像冬天裡雪白的群山稜線：

「我們追求的改革若僅僅和老年人權利相關，將是一種多麼偉大的自私啊！同志們，滌淨年齡的設計只是量化人類各項數值的初步形式，暫時以膚淺可見的生理年齡、皺紋多寡、健康狀況取得第一項弱數值。

弱數值，在我的語言系統中與強數值對立，代表能夠被剃除、對整體人類較無利益的弱勢者。於未來體制底下，科技帶來的方便性已經深入生活最細微的縫隙，當你進入到一件由政府設置的建築或交通工具——我保守估計，可能至少會先有這麼一座城——當你步入這座機械之城，它便開始衡量你的總體數值與細部數值，譬如在火車上，機器能夠計算每個人的生理情況、體力狀態，嚴格控制當站立者疲憊程度超過某個標準，乘坐者就必須與這名站立者交換位置，將座位讓給體力超荷的站立者，機器衡量出的數值閃現在所有人的視網膜上，所以在讓位這件事情上，就不必拘泥於只有殘障者或老人可以乘坐博愛座。當然，這些想像只是我聊以自娛的雜念。能夠衡量一切數值的城市，在機器的開發上肯定已經過數百年改良，才能將成本壓至如此之低，甚至低於重造更多樣的交通網絡，但我真正的想法是，一座控制一切的機械之城，是人類對於便利的夢想極限，同時也是人類對於被控制的夢想極限，當再也沒有甚麼新東西好去發明的時候，我所舉的例子就會成真。切記！所有便利與被控制的背後仍有一雙權力者的眼睛，這樣一位權利者，將會是機械之神！」

當男人說完話，他立即起身離開帳篷，提著一只古怪的公事包，沉默地步入黑夜。

此時一名顯然年僅十五、六歲，卻打扮成老頭子的少年表示希望能朗誦一首詩，他的年紀還沒大到能夠被革命軍痛恨，也沒小到使人不當他一回事，帳棚裡的人便默許了他的請求。

少年唸詩，詩名叫做〈變成蟲然後繼續工作〉

你不需要餵養我
假如我只是個寄生者
我會找到殘羹剩飯享用
把蘋果鑲在我背上
推我出門上學

現在　對我而言可愛的東西已經不多
早晨列車上此起彼落的吸鼻子聲響
陳列身側，女學生們瘦巴巴的大腿
搖晃的吊環　閃亮的皮鞋
我告訴過你我不想要這些
你說：
「沒錯　這就是你要的
到一座陌生城市
做自己不擅長的事情
沒開口就被佔便宜

沒有愛人
沒有朋友
沒有一點對生命的盼頭
假日是努力記起自己是誰的時候
走在搖搖晃晃的列車上
一路步入現實
你的真正生活
帶著憤怒
為了前行不惜將面孔擠得扭曲
最後的希望是報復社會
殺死你老闆的小孩
而你將永遠沒有小孩。」

我已告訴過你　一名老男人的殘酷
你自己不願相信
生活的意義為何？
活著的代價為何？
告訴我
你的夢想是甚麼？
別當醫生　別當律師

別當麥田捕手
當萬聖夜站在街上的成年人
像個幽靈一樣
矮小的怪物與英雄會撞上你
當那個扶住他們的人

彷彿預言。柯廷想，預言的卻是已發生過的事。少年朗誦完詩句，同樣起身離席，柯廷和他攀談，得知他是另一座帳篷的主人，剛與同伴一同演完行動劇。

「我爺爺曾經是革命軍一份子。」他不無驕傲地說：「我反對滌淨法，我認為每個人都應有自然老死的權利。」

柯廷看著他，想起蛋仔，但他們倆個是完全不同的，蛋仔的微笑已被現實汙染，這名少年則未知俗事。

因此，柯廷又覺得無比疏離了。

他與少年道別，疲憊翻湧而上，休息帳棚盡數客滿，他找到一捲睡袋，散發霉味惡臭，至少能驅寒。他選定帳篷與帳篷間足能擋風的空隙，枕著粗糙路面試圖入睡，朦朧間，帳棚內間斷傳來好似艾莉絲女孩般的嘻笑聲，不知何人彈奏吉他，帳棚裡的人唱起一首溫柔的歌，聽不出歌詞，彷彿遠古的歌謠。

他沒有睡上多久時間，騷動再度開始了，柯廷以為是警察，實際上是超新星成員在高喊標語，革命軍群情激憤，卻礙於阻擋於中間的森嚴警力，這些老傢伙，自稱為革命軍，卻沒有半點使人害怕的潛能，他們終於發現再怎樣抗議都不會有用，沒人將他們當一回事，只能一個個垂首握拳、眼眶含淚，忍受從彼方傳來的尖利言詞。

柯廷意識到革命軍第一次對未來絕望，了解他們已再無可能，他們的時代已經過去了，他的時代已經過去了，就像這陣從北方吹來的冷風。

一陣響徹廣場的尖叫貫穿所有人的注意力，柯廷跟隨聲音來處，尋得汽油的氣味與火焰燃燒脂肪的嘶嘶聲，他永遠也忘不了那股人肉燒焦的味道。

柯廷曾有過一面之緣，那名最老的革命軍成員當著眾人眼前自焚，白火焰宛如他羽化的翅膀，在黑夜中寂靜地發光。

狩獵日

恩尼斯特決心要殺死一隻獅子。

那有點像是他畢生的夢想甚麼的，消滅一縷在遠古大草原上奔跑著、無辜的靈魂。他決心要在七十歲的滌淨日來臨前完成心願，旅途上他有時會想，假如沒有滌淨日，他或許就不會想殺死一隻和自己毫無瓜葛的野獸。

他花了很多錢，聘用一名當地的嚮導，當時他走的路線已有觀光狩獵的行程，嚮導帶他到土著村莊裡和一群巫師會面。恩尼斯特看見蒼白的陽光從茅草屋屋頂的縫隙中灑落，吹起點點光塵。巫師臉上塗畫油彩，眼神朦朧，猿猴般的長手臂揮舞祭葉，燃燒枯枝，口中喃喃唱誦不知名的曲調。恩尼斯特接過巫師手中的神奇之水仰頭服下，他深呼吸，面前光塵如瀑，每一粒微小分子，都有一頭長鬃雄獅低吼，千千萬萬朵金色的小花開了又謝。

心中浮起拉賽爾的詩句：

我吃了刺蘋果葉子
葉子使我頭暈眼花。
我吃了刺蘋果葉子
葉子使我頭暈眼花。
我吃了刺蘋果的花
那飲料使我搖搖晃晃。

獵人帶著弓箭
他趕上我並殺了我

切下我的角並扔掉，
而獵人與蘆葦仍在。

他趕上我而殺了我
砍下我的雙腳並扔掉。

現在蒼蠅發狂了
拍動著翅膀掉落。

醉了的蝴蝶也無法棲穩
翅膀一張一合的搧著。

恩尼斯特再度回過神來時，全身赤裸仰躺吉普車上，一隻獵豹好奇的嗅聞他。當他清醒，獵豹跑開了，踏著煙霧直上青天。

他的嚮導從車內遞來另一種飲料，驅逐他腦內的渾沌和清明，他再度成為駑鈍無知的平凡人。

恩尼斯特命人準備好車子與裝備，嚮導為他帶來一把無可挑剔的好獵槍，他耗費數月追逐獅群腳印。

他追逐獅子，發現牠們和他自己一樣老，一樣狡詐，就好像牠們的畢生夢想沿他的一同生長，生出與之對立的另一半，那些老獅子希望，在牠們死期之前別羞恥地死於人類之手。

唾沫從恩尼斯特口中飛射而出，重擊再度失準的彈痕，老雄獅的腳掌印子踏過彈痕，遠遠離去。

半年後，恩尼斯特遣散了他的狩獵小隊，他友好的嚮導介紹另一種機會給他。一名穿西裝打領帶的商人，一頭油汗，為恩尼斯特送上一檔案夾的照片。恩尼斯特咬牙切齒，又是低聲咒罵，又是摔擲餐具。他神聖的幻象已離他很遠，土著巫師為他展現滿屋子纖塵大小、低吼咆哮的雄獅，而他捉不到任何一頭。那是一個預言，茅草屋中他的嚮導曾為他翻譯：巫師祝福你滿載而歸。那是一則反預言，當巫師冒犯禁忌替一外人預言，他邪惡的雙生與之成長，生出對立的另一半，那是屬於獅群的預言：沒有任何人類能夠捉住牠們。

汗如雨下的商人收起檔案夾，他們頭頂風扇緩慢地轉，外頭有一架小飛機在等待，那會燒盡恩尼斯特最後一點存款。最好值得，他想。

他們在叢林深處安全降落。

商人帶恩尼斯特到一座巨大的獸籠外頭，讓他挑選獵物。

籠內的獅子看上去都相當年輕，蓬鬆的鬃毛仍少而短，像某種柔軟、曬乾的植物般淡黃，恩尼斯特問，牠們為什麼看上去昏昏沉沉。

那是因為施打了鎮定劑的緣故。商人說：你可以摸摸牠們，不會有害。

恩尼斯特不滿，他認為自己花了大筆錢，不是為了被人如此瞧不起。

噢。商人回答：請原諒，當您選定一頭獅子，我們會停止替牠注射。

恩尼斯特點頭，他選擇了一頭獅子。

恩尼斯特對自己的選擇開槍。

結束後，商人依照他的指示替他拍照，鎂光燈閃爍，一次，兩次，恩尼斯特擁著獸屍微笑。

寫作日

小說管理局的人打電話問D，由局內核發的作者證即將過期，他是否準備申請旁觀權權限延長。要是D沒有打算參加考試或找局內要人簽名，他的寫作權還有三個月，足夠完成他目前的作品，出版權則僅剩最後一次，到今年年底。

D的上一本書攸關於街頭黑幫，為此他和一名地下社會老大瘋狗接洽，後者謹慎查看了他的作者證，確認他的一般詞彙量超過五千，專業詞彙量超過三千，他曾得過的獎項無論官方或民間都洋洋灑灑記錄在案，他不是炙手可熱的作家，D自己知道，嚴格來說現在也早已沒有真正炙手可熱的作家，舊政府垮台後，創作受到限制，暢銷書作者被約談，販賣折扣圖書形同犯罪，另一方面，當寫作與出版都變得困難，根據新政府所言，人民的閱讀水準提高了，由於圖書採固定價，出版社也蓬勃發展，D學生時期便取得的作者證，更代表一名作者擁有的「旁觀權」，想當年，那是一名年輕人從寫作中所能得到最大的報償。

D的文字冷感而疏離，整體風格並不突出，甚至有些淡而無味，但不知怎地令人感覺真摯，感覺故事內的敘述者不會說謊，即便後來證實是謊言，讀者也理解謊言本身才是主角認定的真實，如此一來，執著相信著的角色反而顯得可憐。

D其人如是，他很安靜，眼神堅定看著地面，有人說話時，他就直視對方，從不打斷他人，經常問問題，只要你提起自己的悲傷過去，他皺眉的樣子彷彿真的為你心碎。

你會把所有的事情都告訴D。

瘋狗說：真正善良的人道德感相對薄弱，因為他們連對惡人也會產生同情心。

旁觀權讓D和瘋狗相識。技術上來說，旁觀權令D可以在地球上的任何地方行走，無須護照或門票，他行經骯髒汙穢的貧民窟，也到過雍容華貴的上流世界，他像個隱形人，在人類地域的任何一處區塊，沒有人可以傷害他。當D朝瘋狗出示「作者證」，那個男人沉默半晌，最終回答：「好的。」

他們於是在晚餐後簽訂保密協議。

「創作者」是黑白兩道公認的灰色人物，幾年前的改革讓創作司獨立於政府，並接著成立寫作部、繪畫部、音樂部、舞蹈部、戲劇部等多樣部門，寫作部當中又分為小說局、新詩局、報導局、傳記局等等，負責管理各個文類，D的作者證便是由小說局核發，內有專人負責與D聯繫，以及接洽贊助人和出版社。

過去D會在工作結束後盡量切斷和角色原型的聯繫，然而，到底D沒有在上一次工作中與書中角色斷乾淨，他陷得太深，和瘋狗成為莫逆之交。

「你打算怎麼寫我？你看上去只是個書呆子。」

「我已經有了一句開頭。」

「說來聽聽。」

「『生活那麼絕望，連突如其來的好消息都會形成傷害』。」

「接下來呢？」

「接下來我會寫你妻子流產，而你做成第一筆毒品交易的劇情。」

瘋狗戴著粗戒指的手敲打桌面，看上去幾乎要起身痛打面前的書呆子，但最後他說：「別寫毒品。」

「為什麼？」

「我的意思是，我們不說毒品，我們說『藥』、『糖果』、『藍頭的』、『花粉』那些，我們不說毒品，你如果那樣寫，我會把這份協議塞進你喉嚨裡，頂端沾油點火，讓他媽的作者證見鬼去。」

D同意，自己還有很多需要學習，他會盡己所能地旁觀——

蛋仔在聽見柯廷回家的聲響時關閉文章視窗，快速拿起電玩搖桿殘殺遊戲人物，他眼睛裡充滿血絲，心臟狂跳。柯廷花白的腦袋探入房門。

「吃飯了嗎？」

「唔。」

柯廷的嘆息裡參雜無奈或鄙夷，也總比為蛋仔感到可憐來得好。

他們的院子裡充斥秋草的芬芳，滿地等待雕刻的南瓜，十月即將到來，蛋仔想著夏天他與柯廷一同建起的屋子，如今已褪盡新居氣味。柯廷上班的時間裡，蛋仔試著寫作，儘管他也必須為尋找工作出門面試，那使他寫作不順。

蛋仔寫作不順，起碼還是持續在寫。

那有點兒像拼貼，清晨出門趕火車準備參加面試時，他在車廂內此起彼落的吸鼻子聲中找到一行情節：

D吸入一口寒冷的空氣，刺痛他灼熱的肺葉，秉持旁觀權，他再一次與瘋狗巡視街頭，一面釐清幾個毒品交易點的生意。他們總是這麼度過D要求旁觀的日子。

瘋狗穿西裝打領帶，準備去赴一場幫內會議，他一面開車一面悄悄打量D。

瘋狗從未干涉D，但被觀察者無須負責觀察者的飲食與健康，在會議最終演變為反目成仇，他們潛入下水道躲藏，一躲就是半個月，期間D感染了針蟲熱，倒臥在冰冷潮濕的水道邊顫抖喘息，乾嘔不止，瘋狗一言不發盯著他看。

作為觀察者、寫作者，D早已跨過了決定要不要報警、要不要協助觀察對象等猶豫不決時期。這一次，是被觀察者的道德難題。

旁觀者的身分十分微妙，被觀察者往往不能習慣被人盯著看，還要假裝對方不存在。整個旁觀過程中瘋狗就曾煩躁地說：「你是個很糟糕的作者，有你在身邊，我會一直注意你。」

D擁有旁觀權，但那同時也意味著，他不能插手協助被觀察者任何事，否則旁觀的魔力會立即打破，他會跟著成為犯罪者，或者被其他憤怒的壞傢伙碎屍萬段。而瘋狗甚麼也沒有，這就是他的人生，他可以選擇要不要幫助D，這些他們實際遇上的問題，統統都不存在保密協議裡。

一般而言，保密協議內同時附有幾個極為重要但也相當瑣碎的細節，諸如「旁觀者不能洩漏被旁觀者及其團體之機密予敵對陣營」、「旁觀者不能主動與被旁觀者及其團體發生肢體接觸」、「被旁觀者無須負擔旁觀者之食宿」，D也簽過「旁觀者參與旁觀時不能發出任何聲音」的協議，待雙方均確認好合約細節，他們才完成簽定程序，然整體而言，這份協議只是走個流程，當寫作者對一個人出示作者證正面，代表從這一刻起他便擁有旁觀的絕對權力，合約到頭來不過是參考。

像D這樣的人說話有人諦聽，他經常沉默，文字就是他的語言。

他們又在下水道內度過了三個月，D一天比一天好起來。

夜晚柯廷回家，蛋仔和昔日國小同學沙莉一起到街上閒晃，邊喝酒邊進行摻雜冷幽默的談話，只有交心的人才會這樣談話，他們冷靜、富有組織性地利用已知的知識分解一個又一個主題，從社會制度到藝術，從藝術到文學，他們談到「失落的一代」只不過是海明威的朋友在講年輕的修車工，就好像說一群年輕人是草莓族差不多意思。

「文字是有階級性的。」蛋仔說：「少部分人掌控文字的力量，就算其他人也愛上文字、開始寫作，他們也會寫得很痛苦，在文壇裡備受嘲弄，因為寫不出『那些人』想看的東西，永遠都不能，然後『那些人』會假惺惺地安慰他，心裡其實在想：『你為什麼要試呢？為何不繼續站在生產線上，或者去替鐵窗裝框』。」

他們進行交談，其中一方說話時另一方嚴肅地點頭，全心全意傾聽，最終他們談到社會問題，難民、戰爭、飢荒、瘟疫等等不公不義之事，兩個年輕人蜷著身體倚靠被撒過尿的巷弄牆角，膝蓋對著膝蓋，決心解決世界的問題。

沙莉前後搖晃身軀。她看起來好累，眼睛周圍的妝色已模糊，全身上下只有嘴唇動個不停，接著輪到蛋仔，他點起一根香菸，開始抱怨現在的生活無法為他帶來靈感。

「你聽我說，蛋仔。」沙莉從他手中偷走剛點燃的香菸：「如果你不喜歡自己現在的生活，何不從軍去呢？我知道號令基地最近徵召高等軍官，負責在黑山島監督採礦，還是菜鳥時得慢慢升上去。你覺得自己缺乏生命經驗，寫不出好東西，大可去那裡試試看，至少你還會感覺被需要，從軍了就不愁伙食，等你挖到黃金以後再回來，你家老頭會很感動的。」

可是蛋仔只是抱怨，他其實哪裡也不想去，他親手蓋了目前居住的屋子，他滿意目前的生活，他痛恨自己想要一些痛苦，來完成更高的價值。

那天回家蛋仔壓根不想寫甚麼故事，他滿腹牢騷只想更多更多地抱怨，彼時柯廷已睡去，他身邊一個人也沒有，蛋仔於是吞進一小口柯廷的伏特加，寫下：

這當然是一件弔詭的事情，莫名其妙出生，毫無理由被愛，做為父母，應該為一時的衝動負責，如果是蓄意而為，那更是惡意的，假如我有了孩子，無論蓄意或無意，我都做好扶養他／她一輩子的準備，看看這個世界，視生養孩子為一種社會責任，卻沒有能力善待他們，說到底，這也不是任何人的錯，只是一種現象，客觀地說明這個社會已不足以承擔更多人口，那些有能力生養的人基因會留存，而我會被淘汰，我一點也不為此傷心，如同一場勢必愈來愈嚴苛的猜拳比賽，我願意在能夠自行做主的時候宣告棄權，也不想苦撐著直到最後一刻。那些活到盡頭的人類，那些所謂人類的榜樣，他們其中之一會贏，他的基因，連續綿長，若能保有存在的一切記憶，或許最終會因寂寞而死。

萬聖節前一週，蛋仔怒氣沖沖奔出家門，他在街角找到他的朋友。

沙莉身穿厚重及膝的長外套，腳下一雙黑亮皮靴，正行走。蛋仔擋下她，滿肚子的話想說。她古怪地望著蛋仔，蛋仔也看著她，他伸手拉她，沙莉，插在口袋裡的手掙扎扭開，長外套的中間鈕扣頓時從鈕扣縫中滑出，洩漏少女藏於外套底下的比基尼泳裝，寒風鑽進長外套裡，蒼白肌膚隨即浮起一片雞皮疙瘩。

「你他媽在幹甚麼啊？」蛋仔皺著眉低語。

沙莉搖搖頭，沒有回答。蛋仔又問了一次，抓住她的手往前走，直到最後一刻，她都還遺憾地回頭窺看那名躲藏在巷子裡的男人。

的路。

國小同學身上有一股氣的味道，混雜茉莉花香氣，蛋仔抓著她的手，兩人走了很遠很遠

下水道暗無天日的生活到了盡頭，由瘋狗推開通往地面世界的水溝蓋，一根槍管等著黑幫老大，強光重重打在他臉上，他瞇起雙眼。

D躲藏在他身後，像一隻等待飛向陽光的幼雛。

D撥了通電話給經紀公司和出版社，表示他不會延長寫作權，他也不需要旁觀權，那時有一群主張自由寫作的遊行隊伍從D住處窗外經過，他們高舉標語，喊出訴求。

D沒有探出身子，他拉上窗簾，在陰暗中寫作瘋狗死去的章節，故事最後，D告訴讀者：每一本書都是作者為故事主角立起的墓碑。

沙莉留給蛋仔一封信，告訴他自己去了黑山島。以及被撞見她正從事的低賤工作，使兩人之間友誼消逝。

蛋仔回家，在廚房找到正燒煮熱水的柯廷。這個老男人曾是他的老師，現在是他的父親，他法律上的監護人。

年長的男人有很多機會，他一個也沒有。

那天屋子在寂靜中入睡，乘載兩名難以沉眠的人類，柯廷輾轉反側。蛋仔則撕去了他的小說、撕去他的批判、喃喃抱怨和無病呻吟。

他提起筆寫下一個充滿希望與快樂的故事：

一名流浪漢來到一座小鎮中，這兒的居民輕視他，給他發臭的食物與髒汙的飲水。流浪漢沒有說甚麼，只是以洞白的目光凝視這座在晨曦裡發光的小鎮。小鎮裡的孩子圍繞住他，和他玩耍。

有一天，一個孩子自殺了，緊接著是另一個。都是夜深時分，孩子自殺的地方只有這名流浪漢往復徘徊，居民們請求他說出他可能知道的真相。流浪漢藉此機會到小鎮中各戶人家白吃白喝，累了就捲起過長的身體，睡在死去孩子們小小的床上。

隨著日子過去，孩子接二連三自殺，以各式各樣奇妙的死法，上吊、溺斃、割腕、墜崖，這陣自殺潮像是某種瘟疫無法避免，所有孩子死去時臉上都掛著一抹神祕的微笑。

最年長的十五歲，最幼小的三歲，小鎮裡的母親謹慎收藏起菜刀，父親無心工作，紛紛回家守著玩積木的孩子。

最後，小鎮當中只剩下唯一一個孩子了，他覺得十分寂寞，因為樣貌醜陋的關係，他向來沒有朋友，他多麼希望能知道這場災難發生的原因。

當那個時刻到來，最後一個孩子去找流浪漢，他們牽起彼此的手，孩子知道，這名流浪漢是為了他們而來的，原來所有死去孩子的屍體都是他用麵包和糖果仿造的，這最後的孩子見到了小鎮裡所有失蹤的同伴，他們說：我們要前往一個只屬於孩子的世界，那裡像天堂，沒有任何一個大人。有數不清的美味食物和好玩東西，景色優美，黃昏時千隻天鵝翱翔天際，最重要的是，我們也永遠不會成為大人。

所有孩子跟著那名流浪漢離開，從此再也沒有回來。

之後，蛋仔便不再寫作。

幽靈日

婦人驅趕小男孩，她說：「去呀，快去呀。」

男孩哭喪著臉，搖搖晃晃走入閃爍燈光的街道，另一頭其他孩子們群聚起來，嘲弄他。

男孩不是婦人的親生兒子，照料他的家庭不願意花費過多金錢在他身上。萬聖夜裡多的是穿著昂貴戲服的小吸血鬼、小英雄們，只有男孩以紙板打扮成一顆蒼白無趣的蛋，婦人說：「你就是一顆復活節蛋嘛。」並要求他自己為蛋面塗鴉。

男孩哭哭啼啼橫越街衢，其他孩子緊隨在後，拿糖果紙扔他，喊他：「蛋仔、蛋仔！」

一個男人經過他們，猛然停下腳步，驚愕地望著打扮成復活節蛋的男孩。

當其餘孩子們感到乏味，一哄而散了，男人靜靜地跟隨哭泣的蛋仔。他希望自己不被發現，而這一天又以其本質深深傷害著他。

七年前的今天，一名槍手打扮成鬼進入鄉村大學，由於萬聖節之故，校園內沒有多少學生，但有一些籌備著大學鎮計畫的教授，他們在警衛室放置了蘋果糖和巧克力，供麥田農家的孩子經過時取用。久而久之，留在學校的年輕人也開始奇裝異服的狂歡，他們和孩子一同搶食糖果，哈哈大笑。就是這樣，槍手在身上罩了一條可笑的床單，開了兩個洞，顯露出毫無情緒的眼睛，將一把獵槍或來福槍藏匿飄盪不定的床單底下，悠然邁入校園。

槍手是男性，為鄉村大學多年前的校友，在學期間曾拿過書卷獎，寫得一首好文章，身材中等，一百七十五公分，七十公斤，他的手臂內側有一枚小丑刺青，他的左腿小腿比右腿的更為粗壯，他留有短短的胡髭，從嘴唇到胸膛均瀰漫一股薄荷味，他的腰部有練習射擊時火藥的臭味……這些線索，全被隱藏在那一張薄薄的床單底。

當他踏入學校，輕悄地跨過鐵門軌道，他的耳機響起披頭四的歌〈Yesterday〉，而他沒有哼歌，只是將自己更加與旁的世界抽離。

有一個孩子拉住槍手的床單下擺，差一點點就可以揭露他的真面目，但孩子被新發送的糖果召喚，他鬆開手任由槍手離去。

十五分鐘後，槍手來到教授們開會的行政大樓，他並不知道獵物在哪，他愈來愈無聊，幾乎已經不想殺人了，於是他開始射擊玻璃。他使用的槍過去用於狩獵，是他祖父的槍，換子彈很慢，可殺傷力強，他開槍後有一名女教授探出頭觀望，他正巧填入新的火藥，女教授帶著訓誡意味的神情還未轉變為驚慌，已被槍手射殺。

接著一名男教授衝出教室，試圖照料死去的女人，他也死了。槍手扔開不好用的獵槍，拿出一把勃朗寧手槍，之後的殺戮便快得多。他經過一名血流如注、戴眼鏡的中年婦女，她幾乎是忿忿地哀求：「你已經打了我一槍，不要再打我了！」這話讓槍手愣了一下，其後另一名女子插入進來，跪在中年婦女身旁用手按住她的傷口。

這名勇敢的女子有一瞬間令槍手想起他的媽媽，女子的眼睛彷彿能穿透單薄床單，凝視他的靈魂，讓他重新觀看自己，了解他是誰。

他不願意如此，因而在極近的距離下，他對女子頭部開了一槍。

槍手此刻已不記得自己開過多少槍，只是，他曾受過的軍事訓練令他流暢、高效地繼續運作，他不斷扣下扳機、更換彈匣、扣下扳機。

他身上的白床單染上大量鮮血，他想起幼時自己在萬聖夜裝扮成鬼的模樣。

幾分鐘後，彈藥用罄，槍手被緊接而來的警察與士兵按在地上，他掙扎著，在他的國家，號令基地軍官有權力將一名槍手就地正法，彼時校園內正好有一名前來準備演講的號令基地軍官，他以眼神巡視周遭情況，確實將這名槍手就地正法。

後來幾週地方新聞頭條都是這名槍手的成長經歷，他在何年畢業、何年入伍、失業多久，他曾有過甚麼夢想。

柯廷蒐集所有剪報，並在七年後付之一炬。

萬聖夜，他逼迫自己前來探視那名出現在報導中、不幸香消玉殞的勇敢女子之子，看見她的兒子打扮成一顆復活節蛋，搖搖晃晃行走於十月末荒涼的街。柯廷像幽靈一樣跟在蛋仔身後，孩子從未發現。

四季日

麥田鄉間，荒廢建地重新更名為「大學鎮」。

尚未完成的房子有各種獨特的氣味，僅只毛胚時有水泥的味道，漆上油漆後則有顏色的嶄新氣息。年輕人在鷹架上走動，包著厚重外衣，吁出寒冷空氣，鼻子凍得通紅，仍盡力口齒清晰與其他工人討論建材類型。

柯廷手中提著午飯盒，仰望建築上的男孩，他想這充滿希望的一年，將會是從冬季開始。

冬

大學鎮第一棟三層樓清水模建築升起時，清晨便開始繁忙的麥田農家出奇寂靜，屬於鄉間的寂靜均勻地端盛這棟建築，冬日令萬物相形黯淡。趕著做工的農人們不著痕跡彼此竊竊私語，討論在鄉間實踐巨大工程的正確性，以及這項工程曾胎死腹中的訛語。

建築與建築間的縫隙隱約可見不遠處的大學鐘塔，鳥類微小的黑影四散飛翔。建築仍是工地以前，只有裸露的鋼筋以及簡單的灰色水泥切面用以劃分廚房、客廳、餐室與廁間，那模樣代表其過去與未來，雛型與廢墟，從無人到無人，建築工人在廢墟裡行走，聲音在記憶裡褪去，聲音消逝後，人也從記憶裡褪去。藍色的屋頂片片屋瓦間隱藏蛋仔菸蒂的棉絮，鴿子往冷氣機內築巢，野貓往倉庫產崽，屋子漸漸長成，以一種納自陽光照耀植物般的生長那樣長成，內裡漸趨複雜而有生氣，廚房、客廳、餐室不再以水泥簡單切割，廚房有了廚房的樣子，客廳有了客廳的樣子，並且不知不覺漫灑私人物品，書籍、茶杯與過期報紙、撕毀的日曆……但房屋的記憶不來自這些，這些不屬於它的瑣碎事物，同樣不屬於記憶。房子的記憶是夜裡雨水打在鐵皮車庫上叮叮咚咚的墜響，廚房開伙過後沾黏牆面的油煙，永遠難以完全清除，除此之外，便是廚房窗外的光景。

蛋仔經常坐在窗邊，凝視外頭柯廷屋子的鄰家，昔日這片土地為蛋仔父母所有，只是他們死後這份財產被蛋仔好賭的親戚霸佔，並且一夕之間輸個精光。打從最開始，蛋仔便是一面做工，一面悄悄打量隔壁空地，彷彿暗自下定決心有一天會贏回那塊屬於他與父母的土地。

柯廷的房子竣工，蛋仔的窺視不再需要遮掩。柯廷的房子使用一種特別的反射窗，這種窗子被安置在房屋四面，窗子的本質是：隔著那扇窗的兩個空間，當其中一處的光源大於另一處，光源較小的那處便能夠窺見光源較大的彼處，光源較大的那處，則只能在窗面上看見自己的倒影。

於是，蛋仔可以坐在窗邊看著外頭，直到他不再感傷為止。

對這扇窗而言，記憶是古老的，正如景色本身一樣，房子升起前，景色已在那裡，景色是先於房子而存在的，因此，坐在廚房凝視窗景的蛋仔，面孔除了愁苦以外，也經常掛著一絲訝然。

窗景的對面是蛋仔曾可能擁有的家，如今屬於一名大學女教授，她將年老雙親接來同住，她的家和柯廷藍屋頂的房子位於同一道斜坡上，所以女教授的家會比他們的屋子高上一些，也因而恰好被框限在窗內，形成近乎不變的景緻。

柯廷廚房的窗景，無時無刻以一種單調得令人屏息的方式呈現女教授家屋的後院，一棵蘋果樹、一棵芭樂樹和堆疊的肥料袋、玫瑰花、雛菊和梔子花，女教授的一雙兒女總往院中玩耍、騎玩具腳踏車，地面於是散落著彩色塑膠球和扮家家酒道具，蛋仔凝視風景，嘴角噙著一絲笑意。

黃昏氣溫驟降，從樹葉的搖動可以得知北風正肆虐，孩子們只得心不甘情不願回到屋內，院落回歸空曠，蛋仔依然看望。

柯廷捧著溫暖的熱茶，看著蛋仔。彷彿他也能夠看見，蛋仔心中對於可能未來的想像，大抵與窗景呈現的所差無幾：長形屋頂、色彩斑斕的玫瑰石牆面，諾大的花園與車庫，花園種滿花草樹木，養著一隻大麥町狗。屋內裝潢甚佳，水晶吊燈和柔軟的坐墊、棉毯散落各處，磨亮的木製扶手蜿蜒，大理石地板冰涼光滑。最重要的是，蛋仔的父母身處其中。

春

窗外，一切欣欣向榮的植物與樹木，皆在色彩中言語，窗景顯示兩名稚子騎著裝有輔助輪的粉紅單車漫遊花園，一個推車，一個騎車。空氣瀰漫春天特殊的酸美氣味，花朵有紅色的，黃色的和白色的，女教授的父親從屋內出來，隨手抱起其中一名幼子，女教授長髮烏黑，戴著細框眼鏡推開一扇紗窗呼喚，兩名兒童抓著爺爺的衣襬進屋。

蛋仔在屋內發現一隻誤闖的野貓。貓壓低身軀甩動尾巴，前腳趴在廚房窗台上和窗外鳥類對望，那是一隻烏頭翁，無意成為窗景的一部分。窗內，野貓窺視許久，蛋仔好奇靠牆，手肘輕推拿著報紙走來的柯廷。貓與鳥的對峙看來是打擾了他們的早晨，但一切都如此美好。

就像此刻，烏頭翁尚無法發現貓，牠在光明的那一面，而貓以鼻尖碰觸窗景上的鳥兒。蛋仔悄聲說：我知道，牠追這隻鳥已經好久好久……每天早上，鳥兒在天空飛來飛去，貓只能在地面凝望，久而久之，鳥兒成為貓的一個夢。

粉蝶背著陽光飄飛過時，鳥兒也飛走了，玫瑰石屋內正傳出生日派對的歡慶聲響。蛋仔到陽台抽菸，柯廷抖擻早報，啜飲咖啡，他右側，窗景內兒童年幼，他們爺爺的頭髮微微霜白，手臂肌肉依然粗壯，他在窗景中搬動沉重的肥料袋，麻布袋裂開一道缺口，一陣酸腐爛臭的氣味想必將瀰漫整個春天。

夏

建築雖然是人類所創造的，但它們似乎更貼近人類自身所希望並祈求達到的本質，高聳、永恆、美感以及屹立不倒，也就是說，建築似乎比人類更貼近人類的理想型態，比人類更是人類。柯廷在院子藤椅上前後搖動，推高老花眼鏡，念誦手中書籍內容：夏天的貓會喜歡建築更甚於人類，是否，暗示建築確實比人類更符合人類心目中理想自我的形貌？

蛋仔說了些甚麼作為評語，聲音柔軟低微，柯廷聽不清楚，也不打算追問，這季節，他們誰都無心用力。

那扇窗的窗景此時被一群野貓佔據，黑白乳牛色的母貓蹲踞脆弱、爬滿青苔的圍牆，橘黃虎斑貓、褐黑貓、茶色貓、玳瑁貓、白貓散步四周，雄性所圍成的毛絨圓圈散發豔陽下懶洋洋的性張力，母貓瞌睡著，公貓趁母貓瞌睡時小心移動步伐，渴望趁其不備悄悄接近，母貓總只是瞌睡，瞇瞇眼，頻繁地觀察身旁的公貓，牠澈底掌握了一切，就是無法掌握睡眠，睡眠悄悄的，像陽光一樣滲入牠黑白的毛，牠舔舔毛，攝入睡意，斷斷續續的夢催眠牠，使牠既不是白色也不是黑色，想不起牠究竟是白色還是黑色，牠自己想不起白色和黑色的顏色，於是成為了現在的樣子，牠還沒決定好，也可以永遠不決定好。

貓的建築只要一道圍牆，女教授的父親因夏季剃了個大光頭，看不出年紀了，歲月彷彿被黏在滾燙的光線裡，女教授的父親捲起袖管，露出汗濕的一截手臂，朝氣勃發給果樹除草、掘土，綠色的長春植物捲著他的手腕，留下泥巴的濕跡。

玫瑰石屋子外女教授與幼子正替大麥町狗洗澡，蛋仔一直看著，他一直看著。

乳牛貓跳下圍牆，隱身他處，毛茸茸的隊伍尾隨離去，柯廷放下書籍，摩娑下頷，思索被窗景圍困的蛋仔何時才會重新聆聽他的聲音。

秋

杳無人煙，家園荒涼，女教授已搬離此地，徒留屋外的萬聖裝飾。柯廷的屋子後院旋轉片片枯葉，其中一隻橘黃貓踽踽獨行，黃色的樹枝、黃色的葉片，數顆鵝卵石任意抛灑，綻裂的肥料袋吞吐著泥屑。

夜晚到來，柯廷房間的燈亮起，透出窗子。稍後蛋仔走出家門，身影中透漏猶豫，他走一步，停一步，頻繁回望家屋，但不是柯廷與他的那幢藍屋頂的家，而是女教授留下的空屋。

蛋仔看了最後一眼，與此同時，柯廷房間的燈暗去。

休憩日

四季更迭，新居中空盪盪的房間無機質氣味流離，光線純粹直接。柯廷想著：那兒曾經是一片麥田。

那兒應該要有蛋仔的父母。

那兒將會放置一張棕色的長沙發。

異時同地的想像已不再能完善所有可能性，年長的男人甚至開始想起平行世界的事，這讓那塊空曠的地域出現了發生於腦海內的紛雜景象，無數種可能重疊在一塊，又兼納了過去與未來。

直到蛋仔抓著屁股走過那兒，才將陷入沉思的柯廷一把拽回「現在」。

現在是年輕人牛仔褲上斑駁的油漆漬，還有他在磁磚上留下的鞋印。蛋仔幹了一整天活，累得呵欠連連，他轉過頭向柯廷要求冷飲。

「可樂還是雪碧？」

「有啤酒嗎？」

柯廷笑了，他從冰櫃裡取出啤酒，隔空扔給蛋仔。

工作休息期間，柯廷提議坐火車到森林區遊玩，蛋仔因為勞動關係在車上睡了，火車即將抵達月台，柯廷伸出手，猶豫地探向蛋仔，他看著他，全心全意，等待火車到站，不確定「現在叫他」、「再等一下」、「坐過站」哪一種比較好。

火車停妥前，車廂一陣顫動，人群抖簌，集體意識的感染才讓柯廷用力握了蛋仔的手。

「我們到了。」柯廷搖搖年輕人沉睡的肩膀。

蛋仔輕嗯，閉著眼睛，柯廷露出笑容。火車鈴響，他們還是坐過了站。

命定日

如果你一直活著，你將見到愛慕之人的年少與老年。無法和現在的對方產生你希望的連結，但也許這樣的命運已經足夠。

你將會在公園遇見穿碎花洋裝的老女人，老女人矜持溫婉。讓你覺得假如她還活著，這大概是她老去時的模樣。

你將會在搖晃的列車上和年輕人並肩歇坐，年輕人說話時搔頭大笑，打盹時微鼾嘆息，你從中捕捉到她年少稚拙的行徑。

有時你不禁想，也許你愛的不是她，而是一個連她亦在效仿的原型，她只是比任何人都更加接近。

你試圖弄清楚的是，為何每一次生命中發生重大改變，帶有她影子的人們總是一次次出現在你面前，成為你跟尋的對象。

或者是你選擇了這些人，你真的這麼可悲嗎？一次又一次回到命定中無解的輪迴。

但也許這樣的命運已經足夠。

漸漸地，你發現世界逐步朝她的模樣傾斜，每日遭遇的人們漸漸都有了她獨有的特點，列車上小女孩的酒窩像她，滿臉青春痘的青少年聽著她愛的歌曲，陽光穿透樹葉的閃爍完全演繹她瞳孔的反光，一隻柯基犬的毛色一如她的髮色，逃竄的示威者中有她倉皇的背影，你寫字的筆跡與她有一些神似。

再也不能區分感傷與快樂，最終只剩下快樂，再也不能區分誰像她，每個人都是她，至少有她精神的一部分。她不是神，還差得遠呢，但殘忍的現實不再分分鐘提醒你她已死去。

同樣的現實提醒你她還活著。

滌淨日

人群一瞬間沸騰了。

自焚而亡、最年老的革命軍成員捲曲發黑，組織碎屑和風飄盪，人們吸進他部分身軀，哭喊的人意識到空氣中被人體粉末充滿，他們摀住嘴顫抖哽咽。柯廷的手臂感到一陣輕拍，瑪格麗特與艾莉絲不知何時站在他身側，她們安靜地守望身長火焰的革命軍成員最終化為焦炭。他們身後，悲傷的抗議者開始推擠，就連那些年輕的「超新星」都震驚得無法呼喊標語，所有人，都已忘卻這個世界上確實曾有過最激烈的抗爭方式，而現在，他們的記憶因似曾相識隱隱作痛。

抗議人潮有的爬上拒馬，有的踩過封鎖線，疲憊的警察幾乎阻擋不住暴動，他們無法支撐下去。這其實差不多就是結局了，更多年輕的警察與號令基地軍官搭乘政府專車而來，開始逮捕現場革命軍，鄭重宣布此刻參與遊行的人都不合法。

恩尼等候於人群邊緣，柯廷看見他時，他在哭。他們四個不是最先離開的人，但柯廷有種感覺，他們是最不該離開的。

逃走的人逃走，留下的人被號令基地一輛輛戒護車帶往本市滌淨室。

攸關滌淨法的官方手冊上載有如下資訊：

> 滌淨法最開始並不是針對老人的。
>
> 號令基地的決策者們曾評估「測量老人各項弱數值成本」、「測量身心障礙者各項弱數值成本」以及「測量缺陷後代各項弱數值成本」，最終發現測量與預測老年人的研究成本遠較另外兩項為低，於是決定率先為其制定律法。
>
> 此外和老年人族群相比，身心障礙者與天生缺陷兩樣問題更加容易控制，也更加

容易著手消除，五感障礙者有公家收容機構，他們主要的問題大多是在干擾他人上面，為了降低主事者疑慮，身心障礙者自告奮勇自囚於室，

至於天生缺陷者則更為容易，已經降生並順利長大成人者將配合滌淨法進行滌淨，其餘的天生缺陷在基因篩選時就會淘汰，意即，他們將不會有機會長大成人。

滌淨法是一項社會實驗，因取得可觀的成果最終付諸實行。滌淨法運行之初，由勞工管理局並年金信件共同發函。83年老年人追蹤局正式成立，為勞工管理局提供追蹤年屆滌淨日之公民相關消息，隔年因應反滌淨法遊行，政府採取冷硬作風，成立公家滌淨室，目前是全世界最大的人口削減中心，位於我國黑山島，決策小組部門更遷至該處，是謂號令基地。

黑山島文化歷史不長，過去僅有一支少數民族徘徊此處，島上林木遍地，春夏之間蓊鬱蒼翠，蚊蚋毒蛇盛行。島內富含煤礦，二十年曾有金礦傳聞，但經專家鑑定，係為訛傳。

黑山島每年削減人口一萬五千名，節省社會成本約六十億，截至目前為止，運送滌淨者採用交通工具大多為輪船，少數搭乘飛機。

少數民族今已無名，只稱黑山島人，他們在第一批開拓者到來時將近滅族，昔日他們以採集、打獵維生，雖為島嶼民族，卻不善捕魚。他們習慣以煤炭塗抹身軀，隱藏於森林岩洞中，當開拓者試圖引他們離開藏身處，採用放火燒山的作法，儘管如此，該族仍有辦法挖開濕潤泥土，棲身其中躲避火焰，待整座山林木燒個精光，開拓者無法可想，有一名在船上清掃的水手提供了漂白水。

對非黑山島人而言，氯的味道只是氯。黑山島人卻從中嗅到了被燒毀的家園，他

們一個個從焦土中走出來，迎向開拓者們彈無虛發的射擊。
根據當時開拓者們搭乘的沉默妖精號船長所言，這些黑山島人就像排隊等著斃命似的。
……
我國合法公民年滿二十歲開始，若仍無工作勞健保，將收到待業補助金，一個月五千元。83年開始滌淨法受保密條款保護，公民三十歲以前理當不會得知「滌淨法」相關法令，直到年屆三十歲，公民會收到「滌淨法令解說通知」，同時簽屬保密協議書，禁止提供不滿三十歲者與滌淨法有關的任何資訊。84年第一場反滌淨法遊行使保密條款失效，號令基地頒布第二項保密條款，將該次遊行視為禁止透漏訊息之一，新聞媒體均不得報導。
90年後，反滌淨團體聲勢壯大，部分獨立媒體更強行報導，聲稱滌淨法並未真正節省社會成本，年輕人依舊低薪或失業，對世界充滿憎恨，質疑滌淨法存在意義。
……
公民年滿五十歲時，將併同第一筆老人年金一同收到第一次滌淨通知，第一份滌淨通知僅通知年份。
公民年滿五十五歲時，將收到第二次滌淨通知，第二次滌淨通知僅通知年份。
公民年滿五十九歲時，將收到第三次滌淨通知，第三次滌淨通知註明年份與日期。
以上滌淨法修正條例，即日實施。

被捉住的人，以及普普通通邁入滌淨日的老人，他們會知道多擁有一天都是奢望。

號令基地的人在黎明到來，恰好就是你生日的當天，他們西裝革履，禮貌而耐心，將顫巍巍的你從家人手中接過，你登時發現，你的手是冰冷的，你家人的手亦然。

號令基地的人手指強壯溫暖，充滿誘惑，因此更似死神。

他們會將手輕柔護住你的頭部，使你安然落坐黑頭車內，這將是一場，極好的旅行。

他們會送你坐船，或飛機，但大多數是船，豪華雄偉的郵輪，他們讓你吃好穿好，在船上與其他同伴共舞最後一曲。在你跳舞的時候，你聞到蘋果花、茉莉的香味，或者僅僅是你記憶童年裡一種特別食物的氣味。

你身邊的人快樂地昏厥過去，你也昏昏欲睡，然後你意識到，你將再也不會醒來。

成年日

當艾莉絲還是個小女孩的時候，她在灑滿陽光的庭園玩耍，和松鼠說話，假裝牠們是從另一個世界來的小戰士，艾莉絲用彩色筆在雙頰塗腮紅，頭頂罩上隔熱墊作為婚禮頭紗。那時一名住在藍屋頂洋房裡的男孩從隔壁圍牆探過頭說：「你真是個小女孩。」

艾莉絲說：「是的，我是。」

男孩咧嘴一笑，牙齒有泥土的痕跡：「我希望你永遠都是個小女孩。」

從此，艾莉絲有一名小玩伴，一個住在隔壁藍屋頂洋房裡的男孩，栗子色頭髮，沾著巧克力的嘴唇。艾莉絲透過將自己打扮成他的新娘，摸索成長的訣竅。

男孩叫做阿傑，姓金或者克里斯，艾莉絲已經記不得了，她只記得男孩是她的第一個朋友，也是她一輩子的朋友。

阿傑對艾莉絲說：「為了可以一直玩結婚的遊戲，我們以後都不要和任何人結婚了。」

一直到六十九歲，他們確實誰都沒有結婚，最好的朋友如他倆，似乎也沒有必要與彼此結婚了。

他們沒有孩子，他們自己就是孩子。

他們不舉行一生一次的婚禮，他們每天都在花園舉行婚禮。

感謝神創造他們，讓彼此相遇，否則，像他們這樣的人若僅有一個，會度過無比孤獨的人生。

六十九歲的阿傑與艾莉絲，同樣確信將會與對方攜手步入滌淨室。

在他倆六十九歲那年夏天，阿傑中風，艾莉絲也隨之喪失雙腿行動能力。說不准是心理或生理緣故。他們的主治醫生對此表示：有些結褵多年的老夫妻，其中一方死去時，另一方也會隨之而去，像是大自然的神祕定律。

艾莉絲回答：「我們可不是夫妻。」

阿傑在病床上，幾乎無法動彈，卻仍努力戲謔地朝艾莉絲眨眼睛。

老年人追蹤局雇了兩名年輕看護照料他們生活起居，艾莉絲不大喜歡年輕的看護，她們粗手粗腳，尤其對待中風的阿傑毫無耐心。

有時她們故意很久才來更換阿傑的尿布，艾莉絲都能聞到糞便與尿騷味，有時她們忘了準備飯食，阿傑與艾莉絲總在挨餓，艾莉絲看著看護如何粗暴地將阿傑塞進寬大的衣褲裡，她忍不住要流眼淚，發出尖叫與怒罵。兩名年輕看護便笑嘻嘻地用布條塞住她的嘴。

她們很喜歡欺負阿傑，艾莉絲靜靜地看，看護們如何粗魯地做出一個照料阿傑的動作，艾莉絲就在心中用自己的方式，溫柔地再做一次。

她的幻想，像一層柔軟的織料，像是昆蟲的翅膀或氣泡般的保護膜，無形中護佑阿傑。因此當阿傑閉上眼睛的時候，艾莉絲與他在一起。

那天是陽光明媚。

讓艾莉絲想起幼時灑滿陽光的庭院，她要求看護帶他們出去曬曬太陽。畢竟你看看，阿傑，老傢伙全身白得跟鬼似的。

看護們起先不願意，但艾莉絲相當堅持，而且不介意大吵大鬧。年輕看護憤憤推著輪椅將他們弄出屋子，艾莉絲有一瞬間瞥見阿傑無力的手指彷彿做出了勝利的手勢。

他們坐著輪椅，被看護不耐煩地推前。輪椅如同碰碰車，他們震盪地快速駛向公園，艾莉絲想像，他們更像是戰爭中突進的坦克。

陽光確實強烈，這盛夏的時節，滿地樹蔭篩落的碎光，而蟬聲如浪。艾莉絲坐在輪椅上，許久許久，沐浴著日漸灼熱的太陽，她身旁的老朋友昏睡過去，幾分鐘沒有醒來。至於看護，她們早躲到樹蔭底下聊天，艾莉絲聽不清楚內容。

也許是時候讓看護把他們帶回樹蔭底，但艾莉絲並不想太早認輸，儘管，她的皮膚已經開始脹痛。

「喂，阿傑，你睡著了嗎？」

「唔……」

「阿傑，快點醒來吧，天氣好熱，看看右邊那條大馬路，地平線上熱得都出現海市蜃樓啦。」

「小艾利。」

「嗯？」

「我多麼高興遇見你。」

「我也是，阿傑，我也是。」艾莉絲喃喃道。

那是他們從小到大的約定，如果有一天他們其中一方即將離世，假如他真的確定，他會說：「我真高興遇見你。」

艾莉絲乾燥、充滿皺紋的眼睛望向眼前蒼翠的公園。

她心中閃過一瞬間求救的念頭，身邊的朋友正在逐漸死去，可是她動彈不得，陽光和她可悲的腿，身體到處都疼，她甚麼也辦不到，眼前強光照射的公園浮起熱氣，她看不清楚，因劇熱頭昏腦脹，她看見老友童年時的樣子，他們在花園裡玩耍，佯裝騎士與公主，騎著鬃毛銀白的駿馬走過世界的盡頭，

這一刻，她忽然相信自己從未長大過，她一直只有那麼一點大，而她的庭園將永遠跟隨她。

艾莉絲緩慢地站直身體，看護們變得安靜，艾莉絲一步一步走向公園裡的鞦韆，她坐到上頭，喜悅地盪了起來。

公路日

蛋仔想起柯廷曾說，他小時候最喜歡凝視夜晚車流的燈光，每當他哭泣，柯廷就抱著他到外頭看車子的車燈，那時，蛋仔會奇異地安靜下來，像被眼前的景象迷住。

柯廷把自己與嬰兒時期蛋仔度過的唯一一天，說得宛如蛋仔一整個童年，以前蛋仔不曾反駁，現下卻感到氣憤不平，遺憾的是，他憤憤不平的對象已被他離棄在千里之後。

蛋仔此時望著眼前延伸至黑夜最深處、無止盡的公路，各式各樣的車子穿行來去，車頭燈與車尾燈共織成神祕光海。蛋仔想，這或許是一種命定，一種預言。

或許每個人嬰兒時最喜歡的畫面，將來會引領他通過人生的轉捩點，就像現在，蛋仔等在路邊，抬手招車，大卡車與拖板車呼嘯而去，間或喇叭鳴響，箱型車好奇減速，但仍未停，最終是一輛破舊的藍色小福特噴著氣停妥，蛋仔向他說明目的地，駕駛人略一頷首，他便惴惴不安落坐於副駕駛座。

「是背包客，還是離家出走啊？」那人看上去並不比蛋仔年長多少，一臉落腮鬍，眼睛甲蟲般閃亮俏皮。蛋仔聳聳肩：「只是想到別的城市找份工作。」

「你想找怎樣的工作？」

蛋仔微張開嘴，差點說出：「我想寫作。」幸好終究沒有，蛋仔謹慎回答：「和書有關的。」

「你挺幸運的。」那人微微一笑：「我正好知道全景城有個和書相關的工作，不過……你知道華氏451度嗎？」

蛋仔點頭。

「差不多是和那個有關的。」

「嗯，好啦，你還沒說你叫甚麼？」

「我在兒童劇團工作，大家都叫我小孩。」

「你好，我是蛋仔。」

聽見蛋仔的名字，小孩仰頭大笑，車子蛇行了一陣，引起後方駕駛狂按喇叭。

「蛋仔，你好，這真是個蠢名字。」

「我知道。」

「那你要去全景城嗎？」

「載我過去你順路嗎？」

「是啊，當然囉，我家在圓頂市，離全景城很近。」

「那好吧，如果中途遇到其他選擇，我也可以嘗試。」

小孩接著說，你不妨試著睡一下，還要好一陣子才會到呢。於是，蛋仔歪過頭，口水沿著他嘴角緩緩流淌。

蛋仔沒去全景城，約莫在旅途中段，他們行車經過全國最大的行政中心，那兒有間巨大的連鎖書店旗艦店在徵人，蛋仔立刻決定上工，臨行前，小孩拍他的肩膀，將電話號碼寫在空菸盒上送給他。

「如果你到圓頂記得找我，很高興認識你，蛋。」

說罷小孩轉過身，頭也不回地離開，不知為何，那一刻蛋仔覺得胸口有種撕心裂肺的感受，他離家出走當晚沒有流淚，卻在這時，延遲的淚水滾燙流過他頸間，他哭得無法自持，像個失去所有的孩子。

隔天蛋仔開始了他的新工作，工作內容十分簡單，處理每日的進貨、將書籍建檔上架、盤點庫存並回答客人千奇百怪的疑問。書籍總是大批大批地來，他與其他店員手拿一張長達數尺的出貨單，一行一行核對品項，重複「打開紙箱」、「默數本數」、「檢查是否有瑕疵」、「在出版社出貨單品項上打勾」等枯燥乏味的工作。

蛋仔在貨運單上簽名，用電腦把已到店的採購訂單轉換入庫。這間店的書，嚴格來說令蛋仔失望透頂，他曾聽說現代人不讀紙本書，實際上只是不再讀文學作品，坊間賣得最好的通常是甚麼纏繞畫著色畫減肥書養生食譜，所以，這間碩胖的書店便是這類書籍的專門店。

工作的這段時間，蛋仔漸漸失去對文字的好奇心，面對滿坑滿谷包裝優美，其中卻蘊含虛偽語句的書籍感到痛苦不已，他從未想過自己有一天會憎恨書到這種程度。

夜晚他與同事在店外抽菸，遠方公路上閃爍的車燈色彩斑斕，蛋仔發覺自己無意間惦念起大學鎮、失蹤的好友以及柯廷。

我想成為作家。蛋仔想：雖然我不再寫作了。

失蹤好友的話語迴響在他腦海：「號令基地最近徵求高等軍官，負責在黑山島監督採礦，你覺得自己缺乏生命經驗，寫不出好東西，大可去那裡試試看，至少你還會感覺被需要，黑山島提供吃住，等你挖到黃金以後再回來，你家老頭會很感動的。」

不知怎地，也或者這才是蛋仔真正心思，他想讓柯廷感動，讓老頭子大吃一驚。

蛋仔趁夜離開了富麗堂皇的書店，回到公路上攔車，他再度招到一輛藍色小福特，車窗搖下，小孩的臉上堆滿溫暖笑容。

「是背包客，還是離家出走啊？」

蛋仔也笑了，他回答：「只是想到別的城市找份工作。」

小孩點頭：「那你真是找對人了。」

蛋仔上車，小孩問他拿到錢沒有，蛋仔從背包內取出自收銀機內搜括的鈔票，小孩咧嘴讚嘆，破爛小福特搖搖晃晃駛向全景城。

蛋仔的第二份工作並非精挑細選，他們中途在加油站加油，蛋仔便與小孩再度揮別，開始他的新工作，這回蛋仔內心平靜如止水，沒有憤怒，也沒有對回憶的耽溺，第二週過去，他再度趁夜遠走高飛。

當他同樣於寬廣公路上攔得一輛藍色小福特，窗子搖下，蛋仔湊近，露出明顯不悅的表情。

蛋仔上車後仍不住抱怨：「我們到底在幹嘛？」

「這要問你自己，蛋。」小孩對著車窗抽起菸來：「你想要甚麼？為什麼我倆一遍又一遍重逢？而且總是在你結束上一份工作的時候，你想過沒有？也許是你的潛意識召喚我來，或者，我就是你的潛意識。」小孩沒有捻熄菸，直接將菸頭彈出窗外，一星火光摔落在夜間公路之中，逐漸渺遠：「我真的存在嗎？尤其是這種黑漆漆的夜晚，我又遇見了你，我不禁會想，我是否真的存在，或者只是你的幻想人物，雖然我也有我的生活和不太穩定的事業，我在兒童劇團裡扮演每一齣劇裡的小孩，你知道，因為在古老的規則裡，劇場是禁止動物和孩子的。所以我總是扮演孩子，跟隨幾個同伴一同到各座城市出演，每一回遇見你之前，我都在另一座城市演戲，落幕後和朋友喝酒聊天，不到爛醉絕不上路，每一回我看見你高舉的手，我都覺得你像是無所不在的幽靈，我必定會在返家的路途上看見你，你真的活著嗎？假如你是一隻鬼，你對人世的眷戀又是甚麼呢？」

「我也不知道，小孩，我想你真的醉了。」蛋仔喃喃地道。

「是啊，我想是吧，那你像這樣，每旅行到一個地方就幹上一份工作，做不滿幾週立即辭職，捲走他們所有現金，這又代表甚麼呢？」

「一種行動藝術。」蛋仔說：「好了，我累了，讓我睡一會。」

「別想逃避問題，蛋，我們已經是朋友了，現在，在這小小的藍色福特汽車裡，兩個分坐駕駛座與副駕駛座的年輕人，彼此都不相信自己與對方是真實的，說來也十分可笑，但我多多少少比你年長一些，我想我有責任傳達給你成長的祕訣，讓你像個大人。」

「哦？那你想怎麼教我呢？」

「很簡單，你只要知道如何自私就可以了。」

「自私？謝了，我覺得我已經足夠自私。」

「不是你想的那種意思，成人的自私有一個前提，也就是你必須清楚明白自己想要什麼，這可不容易，在你確知自己想要甚麼以前，你還必須了解自己，你必須知道自己是誰，從哪裡來，將往哪裡去，你才會知道自己真正渴望的東西，然後，你才能以此作為中心點，去推展你的自私，並毫不隱藏地袒露出來。」

「我幹嘛要這麼做？」

「嗯，社交啊，人類群體運行的過程中，彼此間總是在捕捉對方的用意和弱點，自私卻是一種平衡的關鍵，既能明白提出自身立場，也是他人良善面具上的裂痕，人們用自私表達自我，建立停損點，試探對方是否尊重，如不然，對方將是敵人或朋友？當你成為真正的大人，這套遊戲就開始了，宛如舞蹈一般，跳啊，蛋仔，你必須跳。只有當你甚麼話都不說，另一成年個體也能明白你的意思，並隨之邁出對應舞步，你才算是真正長大成人，而這也是一個孩子再怎麼聰明都無法學會的語言。」

「我明白了。」蛋仔勉強壓住一聲呵欠：「三七分帳，我七你三。」

「成交。」

蛋仔閉上眼，手裡抓著他偷走的第二筆鉅款，沉沉入睡。

新的工作真正開始了，而且由蛋仔自行創業，他的夥伴、同時也是車手，是一名在兒童劇團裡扮演小孩的成年人，蛋仔依序做過許多工作，像一個在萬聖夜更換無數裝扮的兒童。

他曾是公路邊一座荒廢遊樂園裡的牛仔，若想與他合照，一次五百元。

他是馬路清潔工，穿梭於危險多車的公路，用長夾撿拾隨風滾動的垃圾。

他照料農場裡的動物，特別是牛，他把牛群養得很好，因為小孩傳授他祕訣，讓蛋仔經常餵一種具鎮定作用的甘草給牠們。

他保養、維修途經公路的各類車，有時悄悄拆走完好零件，給小孩拿到別的城市販賣。

蛋仔思考過假如他走走停停，最終還是到了小孩居住的圓頂市，他該怎麼辦，這條路他不可能回頭再騙一次了，他只能去圓頂工作，或者到全景城工作。

蛋仔的公路打工抵達最後一站，他替一個臨屆滌淨日的瞎眼老人賣魚，他一天內賣光所有的魚，但騙老人自己被警察取締，那些魚全遭沒收，老人一雙白濁雙眼分明甚麼也看不見，蛋仔卻覺得自己在他的凝視下無所遁形。

「旅費收好。」老人朝地上吐出一口黃痰：「到更遠的地方去，別再停下來。」

蛋仔不明白老人的意思，只是舉手召喚那輛藍色小福特，小孩載著他前往海邊，兩人一塊將賣魚的錢三七分妥。

他們痛飲啤酒、抽菸講笑話，直至太陽緩緩下降，落日極美，小孩問：「接下來你想怎麼辦？」

「我聽說你有一個華氏451度的工作？」

小孩將蛋仔放在全景城，兩指湊近太陽穴一揮權當道別，福特小車噴著廢氣遠去，蛋仔轉身前往面試。

這是蛋仔的倒數第二份工作，這份工作之後，他找到了一生的志業，並且持續四十年不曾離開。

所謂華氏451度的工作，其實是替出版社銷毀版權到期的回收書籍，蛋仔被領去一座熔爐，裡頭燃燒黑炭，底下打赤膊、肌肉強健的中年人毫不停歇將煤炭鏟入爐中，蛋仔則必須將一落落書籍扔進爐子。

蛋仔意識到，自己此刻做的事和他離家後從事的第一份職業有些異曲同工，差別只在於，當時他憎恨所有經過手裡的書籍，而現在，他愛著每一本即將被扔進火爐的書。

這些書都是最棒的書，是那種會讓人流連於書店，捧讀良久的文學作品，因此對蛋仔的效率產生負面影響，他總在銷毀書籍時忍不住佯裝檢查版權頁，實際上卻是進行著全世界最飛快的速讀，他多想在短短數秒間將整本書的內容吞吃入腹。他隨意翻閱，文字片段零碎躍入腦海，他反覆咀嚼，有時甚至無暇翻開書，只能讓視線簡單地在封面標題上滑過。

叫我以實瑪利。

我知道的事就是我的本性。

世上沒有巧合，只有巧合的假象。

別相信我弟，他會裝出一副纖細敏感的樣子，讓你同情，但我毫不懷疑他會在與你握手的瞬間就殺死你。

夏天的貓會喜歡建築更甚於人類。

任何特殊的個體都力圖主宰空間，擴展自己的權力意志，並回擊一切阻止的勢力與障礙，最後與其相似的體魄類聚，合謀攫取權力。

現在你知道為何有人憎恨、討厭書了嗎？它們會顯示生命臉上的毛孔。

一個不成熟男子的標誌是他願意為某種事業英勇地死去，一個成熟男子的標誌是他願意為某種事業卑賤地活著。

六十年過去。

我告訴過你有關麥田捕手的事嗎？我就在那兒。

「我們將在沒有黑暗的地方相會。」

阿娜走過來跟我們站在一起，咬著嘴唇，擦著眼睛。

他醒來時，恐龍仍在那裡。

我們經常開玩笑說，我們要用燭光閱讀電燈還沒發明以前的作品。

在那做夢的人的夢中，被夢見的人醒了。

每一本書都是作者為角色立起的墓碑。

蛋仔愣了一下，想止住動作卻已來不及，他看見一本書，裡面有他的文字，會是他從未寫過的那本書嗎？抑或是一位作家率先寫出了他自豪的句子？可惜書已被他扔進了火焰之中，他再也無從確認。

週末蛋仔到小孩位於圓頂市的家中渡過，談起此事，小孩沉吟半晌，回答：「我覺得這是一個啟示。」

「甚麼啟示？」

「就像你說過，每個人嬰兒時期最著迷的畫面，未來會左右他的人生，我覺得你在燒書時讀到自己的文字，像是個不好的預兆。」

蛋仔沒有回應。

小孩嘆了口氣：「你為什麼想寫作？」

「我已經不想了。」

「那，你可以當我問的是以前。」

「嗯，因為我不想要小孩。」

「甚麼？」

「我不想要孩子，這個世界對孩子很殘忍，他們從虛空中被攫住，塞進臭烘烘的皮囊……這本身已經是一種痛苦，更遑論只要想到他們有一天必須為了繼續生活受辱、受害，我就無法想像自己會擁有孩子。」

「好吧，但這跟你寫不寫作有甚麼關係？」

「雖然人可以依靠意志選擇不要小孩，卻無法遏止生殖慾望，我想，寫作對我而言是一種生殖行為，對其他很多聲稱性冷感的人而言，也是他們獨有的生殖方式，因為，我們生存在這個世界，總會與他人產生關係，我們彼此影響……譬如，有時我覺得自己本質的一部分被一個失蹤的國小同學帶走，我永遠記得我們討論到文字的階級性時，她看著我的樣子，她的眼神像我，她拿啤酒的手勢也像我，她可能無意間模仿了我，我們也確實總會彼此模仿，你知道的，就是那個拉岡的鏡像理論，我們從嬰兒時期就在生殖，迫切希望使他人擁有

『我』的一部分，從而不斷傳染，或者綿延下去，這麼一來，我的生命就有可能達到永恆。而這，正是人類對於生物性的最高追求。」蛋仔順手奪過小孩手裡的香菸：「寫作是我散布自己的方式。」

蛋仔等著小孩嘲弄他，但小孩沒作聲。

「有時候我們會記得死去的人。

「有時候我們在其他活著的陌生人身上，看見他們。

「微笑的樣子，用餐的順序，走路的韻律，聆聽的歌曲……他們身上，有死者的殘存。

「或許比起製造一個孩子，這是更加綿長的，留住自己的方式。」

小孩聳聳肩：「但你現在連寫作也辦不到了。」

「未來某一天，或許可以。」

「希望如此。」

他們讓沉默持續了一會，抽完那根不斷被傳遞的香菸。

最終，小孩開口：「週末來看我劇團的表演好嗎？」

「你們要演甚麼？」

「一個叫做《枕頭人》的劇本。」

「聽起來不錯，你演甚麼角色？」

「一個小孩，小枕頭人。」語落，小孩與蛋仔相視大笑。

那一天是蛋仔在全景城工作的第三週週五，隔日他前往圓頂劇場觀賞小孩的劇團表演，演出當天觀眾零零落落，蛋仔坐在第一排，將這齣戲從看到尾。

新的一週到來，蛋仔提前五分鐘打卡上班，他有些暈眩於自己如今變得規律的生活，他在此安身立命，流浪偷竊彷彿是上輩子的事情，短短三週，卻像是三年。而他與書籍的關係轉變為神與造物的關係，他老是感覺每一段他瞬間讀過的字句，都是他曾寫過、或者將有可能寫出的文字。實際上他再也不會寫了，他彷彿以行動在確定這點，燒掉可能文字，有時，他刻意放慢棄書動作，好似正細細考慮，好似他真的有權力考慮，但最後，他仍會將書拋入火中，讓書頁扭曲焦黑的畫面映照在他內心。

這就是工作。他耳邊突如其來浮現柯廷說教似的口吻，蛋仔想念他。

那日下班經過火爐，蛋仔隨口問道：「這些煤是從哪裡來的？」

「黑山島。」鏟煤的男人說：「他們想挖的是金子，所以把煤礦全運往這兒，不要一毛錢。」

蛋仔像被揍了一拳，他的夢想，柯廷對他的期望還有他孤注一擲的遠行，奇異的邂逅，而他如今是多麼沉醉於一份燒書的工作啊，同時他亦滿足於扔棄書籍前最後一瞥的閱讀，因為這樣，所有他離棄的書籍都是他的最後一瞥之戀。

他並沒有變得更加愛戀文字，或者更痛恨文字，相反地，他已逐漸失去相應的感情。

蛋仔做出了最後的選擇：脫下工作服，撥了通電話給小孩請求他送自己一程。

小孩拒絕了。他說：「黑山島在比圓頂更遠的地方，蛋，我想我最多就送你到這裡了。」起先蛋仔有些生氣，但他明瞭小孩是對的，他只能送自己到這裡，他向小孩道謝，掛上電話來到公路邊。

彼時夜間往返的車流紛雜，而車燈色彩斑斕，他彷彿歸返孩提時期，僅僅凝視這畫面，便感到平靜，他看見他人無法看見，屬於自己的未來，震懾得甚至忘了哭泣。

兜售日

街頭的日子沒人比瑪格更清楚了。老瑪格、浪蕩瑪格、老鴇瑪格、甜美的瑪格、破鞋瑪格，他們如此稱呼她，她也樂得有這些名字，好似她擁有各種不同的人生。

她站在街上，以一種放棄的姿態做出誇張打扮，網襪短裙、鮮豔口紅、粉紅色與奶油黃搭配的亮片皮包與人工皮靴，但凡經過她的男人從不正眼瞧她，只需短暫側目，她的價錢一覽無疑。

瑪格的工作，就和大多數在城市街頭漫遊的人一樣，是兜售。

兜售一小時五百元的天堂極樂，儘管隨著她年齡愈發接近滌淨限制，她漸漸轉為替人仲介，她不再定點站街，她從街頭走向街尾，為新來的年輕女孩許下關照承諾，收取微薄費用。瑪格不是慈善家更不是做母親的料，她不給任何菜鳥敷衍的藉口，如若不繳費用，素來沉默寡言的瑪格立即破口大罵。

直到那名在大衣裡穿比基尼的女孩出現，她說她叫沙莉。沙莉很美，長長的睫毛和無瑕肌膚，使她像個塵間天使而非妓女，沙莉身上有股氯的味道，彷彿她確實剛從游泳池上岸，男人們稱她為可愛的「小美人魚」，被豢養在人工池裡的小東西。

對瑪格來說，那股氯的氣味有時讓她想起家鄉，群起聳立的高山之間樹木與溪流氣味交雜，怎樣也不像氯，但氯促使瑪格回憶。

是沙莉告訴瑪格市民廣場的抗議活動有免費食物可吃，那會站街的妓女絕大多數找到更好的仲介人，包括沙莉也是，沒人需要老瑪格，反正，她的滌淨日已不到十年，昔日受她照顧的小妓女們冷眼旁觀，等待時機恰當，就要打電話讓號令基地接走瑪格。

人活到一個年紀反而不甘遭逢失敗，認為所有被奪走的都曾是自己的應得的。瑪格是，罵罵咧咧地收拾行囊一路叫嚷著離開她討生活的街，在萬聖節過後，整座城市陷入了沉寂，寒氣滲透街道巷弄，冷清得宛如被鋼絲球刷洗。

瑪格第一次參加示威遊行時就知道，沒人比她更擅長這份工作——一名專職的社運人士。她的薪資來自安穩的睡眠環境，大量、無限供給的飲食，尤其是物資，那些最盛大的抗議活動中總會有無數食物以外的物資運入會場，包括睡袋、毛毯與紙巾等生活用品，那些不願具名的善心人士可真大方，為了使一場抗議活動無限期持續下去，他們真是花了不少錢呢。驕傲的瑪格這麼想著，她只要把自己弄乾淨一些，借用那些流動廁所帶有塑膠味的清水洗淨身體，這些過去在街上從不看她一眼的正常人居然樂於和她交談，聽她背誦起過去幾場活動中受邀演講人的觀點，將她誤以為是外貌酷似少數民族的女權運動者，反正她看起來也是這麼乾巴巴、禁慾似的，就是在她花樣年紀，生意也總是冷冷清清。

無論如何，瑪格確實是一名少數民族後裔。

她的家鄉是大片雲霧籠罩的黑色山脈，蛛網般澄淨的溪水在陽光照耀下閃耀流淌，約莫一百年前，黑山四方連接這片富饒大陸，直至一場海嘯淹沒黑山，使之成為島嶼，他們的政府於救災時發現黑山內含珍稀礦產，下令開發，她的家園終在天災人禍下飽經摧殘。

瑪格十五歲來到城市，赤裸雙足，滿腦袋潺潺水聲與神祕山嵐，現如今，她偶爾於夢中看見黑山森林野蠻狂生的綠意。

瑪格、瑪格。她的家人在遠方呼喚她，她睜開眼，看見晨光灑入廣場，那彷彿，她的家人正從陽光、從天上在呼喚。

她百般不願，從夢境回到現實，現實是，她必須吃飽穿暖，活得比任何已然作古的族人都長。

但瑪格是不會在活動現場招攬生意的，在每一場抗議遊行中，她的名字是瑪格麗特。

瑪格麗特不是老瑪格、浪蕩瑪格、老鴇瑪格、甜美的瑪格或者破鞋瑪格，瑪格麗特也沒有少數民族血統，她只是看起來像。瑪格麗特是一名退休教授，專門研究女性主題，深入田野訪談性工作者，得到的第一手資料將在出書後震驚天下。無人不信，瑪格麗特侃侃而談街頭與底層社會，說得頭頭是道、有憑有據。只是這本據說即將出版的大部頭專書，至今上市日期未定。

有時候，相信一件事物久了，它就變成真的。瑪格背誦他人演講內容，覆述給另一群人聽，瑪格麗特漸漸有了自己的想法，緊密覆蓋住腦海的他人思想，與自身經驗對照後破碎支離，瑪格麗特這麼想：「但按照現在的非暴力抗議方式，滌淨法年齡調降勢必強行通關。」一

瑪格覺得自己體內產生了屬於瑪格麗特的人格，她富有智慧並且出身清白，不曾夢過張狂植物與黑色山巒，父母親至今健在，沒有兄弟姊妹，從小到大愛書成癡，識得母語所有的單字，同時，瑪格麗特亦是一名多年奉獻學界、無暇戀愛的老處女。思及此，瑪格悄悄落下了淚。

在市民廣場定居第五年，令人驚異的是場子不曾冷卻，總有那麼多議題需要關心、需要抗議，尤其是那些年輕人啊。瑪格麗特想，他們容光煥發群聚在此，眼中噙夢，那些最善良的孩子甚至尊敬愈發不得人心的瑪格麗特，因為，畢竟，瑪格麗特也正漸漸接近滌淨年齡，同時較年長的抗議者看透了她的把戲。沒有哪個社運人士，真正將街頭當作唯一的家常駐在此。昔日當她胡言背誦他人台詞，台下聽眾洗耳恭聽，如今她當真有了屬於自己的獨到見解，卻已無人聞問。

瑪格依舊生活，穿梭於抗議人群，在排隊領取物資的人龍裡找到她照顧過的女孩，有

時，她也在蜷縮睡袋內的一顆顆腦袋中發現曾經的恩客。瑪格透過瑪格麗特與多年前熟識的流浪漢交換知悉眼神，彼時，那名流浪漢也佯裝他人，可能是方下班的教師，也可能是工廠工人、計程車司機與農夫。

瑪格嗅聞過倏忽即逝的氣。

終於，她孤身一人，找她說話的人少了，她像幽靈一般，在廣場邊緣遊走。一場靜坐到下一場遊行之間，瑪格佇立空蕩蕩、旗幟彩帶紛飛的廣場，有人在地面以水彩塗鴉寫作，她洗刷地面、撿拾垃圾，猶如過去清理生財工具。她撿拾到一件比基尼上衣，情不自禁納入鼻間嗅聞，一瞬間，清晨的山林與清澈溪流鋪天蓋地，她遙遠的家鄉彷彿觸手可及。

挪開比基尼，瑪格收拾妥當，在廣場一角找到她的發霉睡袋。臨睡前，她對著天空喃喃埋怨，好比當年赤足踏上水泥叢林，好比那日被驅逐出熟悉的街衢，她帶著勃勃生機埋怨。

他們的街頭與我的街頭其實也沒甚麼不同。她想，只是，他們隨時都能走，面對這一項項他們曾經無比關注的議題，難以想像吧？他們隨時都能走。

瑪格麗特也想，有時候想起瑪格，想著瑪格麗特與瑪格說到底也不相差多少，她們都在兜售東西。面對來來去去的生面孔，一個兜售身體，一個兜售理想，兩者又有何差距？

不管怎樣，當所有人離開，瑪格會繼續留下。

旅館日

搭了八個小時的巴士，柯廷感到一副老胃翻騰不已，顛簸的路程彷彿無止無盡。遼闊公路上，柯廷跌跌撞撞下車，提著行李箱的手不住顫抖，他乾嘔幾次，注意到行李箱底部黏有一塊乾掉的口香糖。

巴士拖著黑煙遠去，徒留柯廷佇立公路，他抓起行李箱在路邊摩擦底部，刮下口香糖，隨後前往最近的廉價旅館。

怎麼搞的啊。他想。怎麼蛋仔會跑到這種地方來，他才不信，可是監視器留下紀錄，還有蛋仔沿路打工、偷竊的痕跡，柯廷已不敢說蛋仔是他兒子，反倒裝出氣急敗壞的模樣與苦主同仇敵愾，假作自己同是遭小兔崽子背叛的店老闆，但他是幹甚麼的呢？與柯廷聊到最後，那些人總會這麼問。

柯廷說：我是一名大學教授。

他是個拙劣的騙子，說不好謊，那些人就與他繼續糾纏。柯廷又說：「他很聰明，是個很聰明的小夥子，但沒用在對的地方。」這些都是真的。「沒用在對的地方，他偷走我的知識，我重要的……」他編造不了了，那些人，其實就像你我生活中經常遇到的其他人一樣，放著他們不管、將話說到一半，他們心裡會自行接話，接得完美無瑕，像是你真的說出口過一般。

於是他們說：「他偷走了你預計發表的論文」、「他偷走了你的期末考題」等等等等，他們這樣說，柯廷便猛點頭，此時此刻，他心中卻有一座美麗的建築。

那是真相，位於大學鎮內，昔日麥田中心，蛋仔為他們蓋的房子。

他的蛋仔絕不會偷竊、流浪各處地打工，蛋仔絕不會如此惡劣，像個混蛋。

加油站監視器顯示出蛋仔加油不付錢時斜睨的眼神，隱藏在棒球帽下，他身旁跟著一名蓄鬍的大個子。

肯定是大個子帶壞了他。

柯廷好不容易找到這裡，已是筋疲力盡，他在櫃台和一名同樣面露疲憊的老婦登記入房，入住一間散發霉味的肉紅色房間。他和衣仰躺床面，眼球後方陣陣嗡鳴，他開始頭痛，閉上眼，瞬間沉入睡眠。

柯廷醒來時已經入夜，公路上來去的車燈顏色穿過百葉窗在空白牆面呼嘯，柯廷起身搓揉臉面，進浴室稍作梳洗，預備向櫃台老婦詢問附近餐廳，同時尋覓蛋仔消息。

浴室內馬桶中央累積一層水垢，沖洗水流很弱，柯廷坐上去撒尿，約莫和他的肺相同時間，他的泌尿系統產生問題，他不再能站著撒尿，從他垂軟的陰莖中排出的總是稀薄微弱的尿水，他經常弄得馬桶周遭一片狼藉，蛋仔說沒關係，每天都按時清理，但柯廷感到羞恥，後來索性坐著上廁所。

「所以你看，」柯廷隔著幾百公里，對那些曾被蛋仔沿路偷過的苦主喃喃：「他真是個很好的孩子。」

排尿完畢，柯廷拿好鑰匙與錢包離開房間，他走到櫃檯，卻發現那裡一個人也沒有，倒是旅館外傳來動靜，他走出大門，在自動販賣機買了幾包零食和幾罐飲料。

有個身著及膝大衣的年輕女孩站在那兒，好奇地打量著他。

柯廷總感覺女孩似曾相識，直到他拿好所有食品，往回走了幾步，才突然想起：「你是蛋仔的國小同學？」

「啊。」女孩嘆道：「對，我也覺得你很面熟，是柯廷對吧？蛋仔的繼父。」

女孩搞錯了，柯廷卻聳聳肩不置可否。

「我是沙莉。」女孩伸出手。柯廷只好從懷抱食物的狀態中抽出一隻手與女孩交握。沙莉的手寒冷如冰，柯廷忍不住勸她進旅館避寒，幾秒後察覺不對，他連忙改口：「我是說，你可以在櫃檯待著，休息一會，現在櫃檯沒有人。」

「那老太婆。」沙莉滿不在乎地說：「只是去上廁所了吧，她知道我在外面，老是在外面，她死也不會讓我進門的。」

柯廷考慮著替沙莉安排另一個房間過夜，但他一與沙莉的視線相對，他便得知沙莉絕對不會接受。

「我不介意到你的房間。」沙莉抱著肩膀，一隻腿在大衣底下踢來踢去，大衣領口處洩漏蒼白肌膚，好似在那件大衣下方，她不著一縷。

「我不是……」

「別擔心，我了解，我也不會找認識的人，那太尷尬了。」沙莉噗哧一聲：「我只是很冷，然後我又知道，你並不想對我做那種事，這跟我平常的做法不同，可是，正常人都是這樣的，對吧？」

柯廷搖搖頭，有一瞬間，他想對她說出自己坐著撒尿的事情，希望能讓女孩放心，那個瞬間轉眼即逝。沙莉邁開步伐走入旅館大門之時，柯廷才堪堪跟上。

櫃台依然無人，他們一同回到柯廷的房間，沙莉四處張望，不放過任何角落，那使她像極了一隻初來乍到的小貓。柯廷坐在床邊，突然意識到尷尬，沙莉從浴室探出頭問可不可以沖個澡。

「可以，隨便你。」柯廷打開電視，看起無聊的老電影，房間沒開燈，百葉窗下紅黃車燈一陣陣掠過，在牆面上投射出塑膠片橫陳的暗影。

沙莉很快沖完澡，離開浴室時帶出團團熱氣，起碼這裡的熱水不錯，沙莉依舊穿著那身大衣，柯廷嘆息，借給她一件自己的睡衣，他覺得這一切似乎錯得離譜。

「如果你不介意的話。」良久，沙莉輕聲說：「我想睡了。」

「好的，我移到地上休息。」

「不不不，這樣不好。」

「那你希望怎麼辦呢？」

「我……我想我們可以睡在一起。」

「不好。」

「也對，這樣到底是真的為你著想，還是一種輕視呀……但如果你一定要睡地上，我就不睡了。」

柯廷扶著床慢慢傾斜身子，感受骨頭一節一節彎曲、撐開。他躺上床的左側，靠近窗而非門的那邊，沙莉的長髮有些許被他壓在後腦勺下，但她沒有抱怨，反而發出滿意的輕哼。

他們並肩躺著。

「如果我允許，你會想要我嗎？」

「一定的，你那麼年輕……」

「我今年二十四歲，已經不年輕了。」

「『在我十八歲之時，已有遲暮之感，才十八年華就已覺得一切都太晚』。」

「真好聽，那是詩嗎？」

「那是一本書的開頭。」

「我喜歡。」沙莉吸吸鼻子：「對了，蛋仔說過你是文學教授。」
「沒錯。」
「那你怎麼會在這裡呢？你在旅行嗎？」
柯廷抿緊嘴唇，他想：可能嗎？這條遼闊的大路上偶然邂逅蛋仔的國小同學，她有可能會知道嗎？
「我在找蛋仔，他離家出走了。」
「他和我同年呢，這個年紀算不上離家出走。」
「他沒有徵得我同意，那不合禮儀。」
「這倒沒錯。」
沙莉嘆了口氣。
「你知道他去哪了嗎？」柯廷問。
「噢，當然囉，他去了黑山島，他想從軍。」
他怎麼會有這種想法？柯廷想，是誰告訴他，建造一棟房子已然不夠？
他說：「謝謝，我明天就出發。」
沙莉笑了：「你不能去黑山島，你太老了，他們不會讓你通過。」
眼看柯廷垂下眼簾，嘴唇變薄，沙莉臉上閃過一絲同情。
「我知道有個女人，一個老女人，她在全景城市民廣場參與遊行，聽說最近全景城還成立了反滌淨革命軍，他們的最終目標是潛入黑山島，癱瘓號令基地，你可以去問問他們，要怎樣才能不著痕跡進入黑山島。」
「我能參加嗎？」

柯廷感覺自己的臉被冰涼地撫摸了一下，他轉過頭，看見沙莉甜蜜的笑臉：「當然，你一定可以。」

遠方道路傳來悠長的剎車聲，彷彿即將撞上甚麼東西，但最終只有車燈閃晃而去，百葉窗的條條黑影散布在沙莉身體，她穿著一件法蘭絨長襯衫以及棉質長褲，柯廷的衣服，她穿上去很合適，皮膚散發肥皂的香味，而非氯。

「你和蛋仔。」黑暗中，柯廷猝然開口：「你們是不是……」

「沒有。」沙莉回答道，她的聲音聽起來充滿睡意，但無比清晰。

「你們一直很要好，當他出門後回家，總是跟我說他和你在一起。」

「我們是國小同學，我還綁著兩條辮子時就跟著他，小時候，他是我們那裡的孩子王。」

柯廷有些難以想像蛋仔孩子王的模樣，在他的記憶中，只殘留著萬聖夜男孩被迫打扮成復活節蛋，並且遭人嘲弄著走了很長很長的路。

「他很搞笑，不是笑別人，而是笑自己，那讓他像光，或者太陽一樣，我們喜歡跟著他，覺得他會領我們走到一個好地方。」

這是真的。柯廷回想起蛋仔畢業那天，他們站在麥田裡想像一幢不存在的屋子，蛋仔的許諾，天真單純，充滿希望與良善。

「我不知道他以前的事情。」柯廷感受到一股發自內心的渴望，只因身旁這名女孩知道他所不知道的，關於蛋仔的過去。彷彿她擁有一部分蛋仔靈魂的碎片，好比他自己也擁有一小瓣碎片，他們心中都存有部分的蛋仔，卻在此時，蛋仔不在這裡，他們只能緊靠彼此，也或許並肩入夢，才能與他們的光、他們的太陽重逢。

「我可以告訴你蛋仔的事。」沙莉凝視牆面游動的影子，如夢似幻地說：「蛋仔早就知道啦，他知道我們會想他，所以才把一點點自己個別放在你我身上，直到我們神奇地邂逅，現在，這是我們僅有的他了。」

柯廷沉默等待。

「那件事發生在我們三年級的時候，蛋仔趁著暑假長得好高、好帥，女孩子都暗戀他，也是在那時，沒有人能笑話他，因為他總是知道別人甚麼時候要發出嘲弄，他會比那個人更早嘲弄自己，他像小丑一樣作怪，假裝整個暑假都被神祕組織抓去灌牛奶，還繪聲繪影地說有一張很長的床，神祕組織成員把他雙手雙腳綁住，每天拉長一點點，後來，他就長成這麼高的樣子，不過啊，他變得討厭牛奶，也無法上床睡覺。

「『我都站著睡覺喔！』他說。我們大笑，說他是騙子，接著他看起來有一點悲傷，他講那張床，講他被綁架時穿的衣服，隨著實驗每天愈來愈小，他再也穿不到了，當他被放回家，他穿著一件好小好小，跟迷你狗一樣大的衣服，抽抽噎噎地跑回去，他嬸嬸——不是媽媽，因為他沒有媽媽——把他痛打一頓，因為他把衣服弄壞了，他嬸嬸處罰他，要他穿著那件小衣服直到暑假結束。

「蛋仔說啊，他沒有辦法修補那件衣服，把衣服變長，他的嬸嬸也不願意幫他，結果，蛋仔只好拿剪刀每天偷偷修剪自己的四肢，把自己變短。他根本辦不到，而且那實在是太疼了，弄得他身上全是鮮血。後來，蛋仔索性剪破小衣服，整個人光溜溜、血淋淋地跑出家門。

「黃昏時，他嬸嬸等在門口，準備好藤條要教訓他，可是踏著夕陽回家的蛋仔是如此高大，他嬸嬸這才發現，自己已被籠罩在他的陰影下。」

沙莉講完了，她結束得如此突然，令柯廷猝不及防，一會後，沙莉打了個呵欠說：「他從小就是寫小說的料。」

「然後呢？」柯廷問。

「嗯對，『然後呢？』他的胡說八道會讓人想問，然後呢？但是沒有然後，後來，蛋仔就變成現在這樣，既燦爛又明亮，他成為我們這些小孩子的領袖，我們一起潛入梔子花療養院，試圖拯救裡頭的老人家。你想聽這段歷史嗎？」

「是的，麻煩你。」柯廷彬彬有禮地說。

「一點也不麻煩。」沙莉說：「以前我們小鎮附近有一座療養院，叫做梔子花療養院。以前我們甚麼都不懂，只是覺得梔子花療養院看起來陰森恐怖，在當時，只有蛋仔有膽量騎單車經過。

「有一天，蛋仔說，我們要去拯救那些被關在療養院裡的人，他登高一呼，所有孩子就騎著各自的腳踏車，決定跟隨。但是我們要怎樣才能拯救裡頭的人呢？蛋仔想到一個辦法：去網路上申請擔任志工。如果被錄用，就能光明正大走進療養院。

「可是我們年紀實在太小了，根本不可能被錄用，我們填妥的申請表一概石沉大海。蛋仔最後決定直接殺去療養院，我們在療養院門口徘徊，始終不敢進入，好不容易終於鼓起勇氣走向大門，警衛立即從管理室走出來，他是個高大黝黑的男人，粗聲粗氣詢問我們有何貴幹。

「這些小鬼頭當中，只有蛋仔長得最高最壯，也最像大人，他挺身而出與警衛交涉起來。

「警衛說：『不行，不行。』要我們回家去，如果被錄取就會通知，如果沒有，我們不能隨便進入，蛋仔很有禮貌地向他道謝，我們一夥人騎著腳踏車群聚梔子花療養院外，眺望高聳的建築，記憶中，梔子花療養院像鬼屋一樣，籠罩在層層烏雲底下。過了很久，蛋仔說：「走吧。」大夥便騎著腳踏車離開。

「離開之前，我回頭看了一眼梔子花療養院，忽然間我看見一個全身皺巴巴、白頭髮的人坐著輪椅，從療養院院子緩慢朝我們駛來，她用力推著輪子，急切又執著，但我們已經準備要走了，而我沒有停下來，我嚇個半死，那是我第一次見到這麼老這麼老的人。

「我想：『原來那就是老』。」

沙莉一手放在肚子上，末尾幾句話形同囈語：「從那天起，我就知道我們會是永遠的朋友。」

「你和蛋仔？」柯廷問。

「嗯，我和蛋仔。」

窗外闃黑岑寂，大多時候是安靜的，已經到了鮮有人車經過的黎明時刻，柯廷有些訝異，他們真的已經彼此交談、傾聽，度過了一整夜的時間？沙莉說話的時候，他肯定有幾個鐘頭不小心睡著了，而他在傾聽的時候，沙莉肯定也有幾個鐘頭陷入沉眠，也許他們甚至一起做了夢，否則要如何解釋，當沙莉起身時他們兩手交握？

「我想我該走了。」沙莉說。

「天已經亮了嗎？」柯廷一手撐開百葉窗窗隙，感受一道溫熱的光線流淌進來，他調整百葉窗直到塑膠片傾斜放平，陽光瞬間湧入房間。

「當然囉，天已經亮好久了。」

柯廷意識到，沙莉的口頭禪就是「當然囉」。她離開前到浴室換了原本的衣服，一襲長大衣，當她經過柯廷，他聞到一陣稀薄的漂白水氣味。

「你很喜歡游泳?」

「當然囉。」沙莉說著,笑出頰邊的酒窩:「但不常游,最近天氣太冷了。」她頓了一下:「你知道嗎?只要給蛋仔機會,他肯定會成為出色的作家,他的故事總是那麼有感染力……我直到今天,都還會害怕抓走小孩去拉長身體的神祕組織,我害怕很小很小的衣服,像是小狗、小貓的衣服,我害怕有一天起床發現自己身上的衣服變得薄而且緊,用力擠塞在腰上,我那麼害怕,真的好害怕,結果,我現在都只敢穿富有彈性的比基尼,至少,客人們很喜歡,他們說我這樣還挺有特色的。」

柯廷表示同意,當他一點頭,沙莉便像融化的奶油般坐到他腿上,她摟著他的脖子,用力親了親他的臉。

房門關上,在光線中揚起閃爍塵埃。柯廷撫摸自己的臉,他知道那是為了撫慰他愈發老朽的自尊心。

幾分鐘後,他走到廁所裡,一面思索找到革命軍基地的方法,一面坐著撒尿。

青春日

不信者恆不信。

我剛認識她的時候她才十八歲，一個不可思議的年紀，不可思議地愛著《蘿莉塔》，寫不知所云但美麗的詩，內容會令觀者罪惡。看著她，無可避免想到以前的自己，我可一點也不喜歡以前的我，和她說話，我盡量不說以前也如何如何……不顯得太過倚老賣老。

她是一個喜歡老樂團的人，喜歡Oasis、Beatles、Blur那些，她有一個私人的影音部落格，她後來不站街頭，我們都透過部落格和她聯繫、預約時間。她發布喜歡的樂團影片，表示自己正在線上，那時，我們才可以聯絡她。我覺得我比任何她別的恩客都要理解這個女孩，她叫沙莉，有其獨特之處。

她喜歡老樂團，發布影片時，使用的又總是這些老傢伙年輕時稚嫩的樣子，在特效與剪接還有些古怪的時代，她喜歡畫質粗糙的影片襯托這些樂手青澀的臉蛋，她以自己的方式去緬懷那些她還擁有的青春，還沒失去，就已經感傷，像莒哈絲的她。

那回我們完事，她坐在床上，赤裸而呆滯，突然哼起一首歌，我從未聽聞，我問她：「你怎麼就這麼喜歡這些人年輕時的樣子呢？」

她說：「青春本來就是無敵的。」趁機偷走我手中剛點燃的香菸：「時光因此停止，台上台下，永遠在狂歡，不會結束。」

她說這話的時候，因藥物而失神的眼睛終於聚焦光點，我忍不住問她：「你害怕變老？」

「超怕。」沙莉說：「我怕老又怕死，」

傾聽她的呢喃瑣事，使我感覺自己正在吸取她的靈魂，她光裸的背脊，在月光照耀下散發柔和的銀色，如果她不喜歡我，絕不會令我待在身邊，我伸出一根手指，沿著她肌膚的曲線來回撫拭，她的背像光暈，是一團模糊不清沒有過分細節的色塊，膚淺美妙，對比我的手如此蒼老真實。

「你在幹嘛？」

「沒甚麼，只是想碰碰你。」

「你碰夠了吧？我要走囉，下午還有課。」

我邀請她與我共享午餐，她拒絕了，也笑了：「我有一部想看的電影，黑白片，你陪我看，今天晚上？」

我點頭，但她沒有回來，十八歲的失蹤，像離奇案件，會動用一名陰鬱警探和他樂天的搭檔，一起花十萬字破解的偵探小說。

沙莉的影音部落格關閉後，喜愛她的人各自回到一成不變的生活，除了我，我沒有工作，已經沒工作好一陣子了，歸因於約莫半年前贏得的彩券獎金，明確的數字我就不說了，但足以餵養我的興趣，我讀書、看電影、欣賞舞台劇，也寫作，這是為什麼我讀過沙莉的詩，我要她給我看，讓我幫她出版。

但她的詩太過純粹，我說不出其他的詞彙去形容，我告訴她那是引人遐思的淫詩，不會有任何人想讀，這些詩就跟你自己一樣，是淫慾的產物，她聽完我的話便跑開了。

之後我找到她，和她做愛，我們陷入夢鄉，起床時，她趕著上課，問我晚上要不要一起看電影。

沙莉不在的時候，我覺得無聊，花錢雇了幾個年輕模特兒，令她們像擺飾一樣每天只管任意在我家走來走去，我像養著一群特別昂貴的名種貓，她們吃喝拉撒，看起來漂亮，理當完美，我卻不滿足。

最終只得收拾行李，將私家偵探送來的沙莉資料重新讀過一次，我已知道她就讀的學校，她輟學離開的時間，她可能前往的地點。我簽下一份最近來提案的年輕劇團合約，以便資助這些可憐的年輕人，他們下一季將演出〈枕頭人〉的劇碼，我讀過劇本，並不特別喜歡，但這齣劇隱約碰觸我的慾望，我會在幻想柔軟的東西裹住孩子並使他們窒息時勃起。

再見到沙莉，她二十歲。我們窩在公路邊上的汽車旅館裡看《一夜狂歡》，見Beatles那夥小毛頭年輕得讓人忌妒，整部片都是他們在街上跑來跑去，給女孩們追，給警察們追。嚴格來說，這部片至少娛樂性十足，我們看電影的時候，我的手放在沙莉肩上，撫摸她光滑的肩。

「你想過自己二十歲的樣子嗎？」我問。

她嘆了口氣：「沒有，但我想皺紋應該很多吧。」

「你現在已經二十歲了，一點皺紋也沒有。」

「那很快就會有了。」

我試圖吻她，她推開我，我從未在這樣的關係中吻過女方，黑白屏幕下的她卻顯現出一種蒼老的感覺，使我錯覺我倆終於接近，奇異的是，即便在這樣的情況，她的臉蛋也是完美無瑕的，那份蒼老來自她的心靈，我不敢說出口，被拒絕以後，她又唱歌，我想用一切柔軟的東西包裹住她，使她永不受傷。

「你願意和我結婚嗎？」我說：「我有很多錢。」
「我知道，但你太老了。」
「我以為你喜歡我，我以為你就喜歡老的。」
「不是這樣。」
「那麼？」
「我還有夢想。」她說：「我想像香檳超新星一樣，飛得又高又遠。」
氣氛變得僵硬，直到我放緩了語調說：「好吧，好吧，我們不談這個，你告訴我，你為什麼喜歡那個年代的歌？你為什麼喜歡他們那種樣子？」
「我喜歡網路上影片粗糙的畫質，這我說過了，那種畫質感覺很糊，像喝高了，讓人很容易被音樂吸進去。」
「還有呢？」
「還有他們的穿著，沒有嬉皮那麼浮誇，很像是穿著睡衣，又很可愛。」這麼久以來，我終於看見她的笑容，嘴角懸著尖尖的虎牙：「這種『我睡飽了就起來唱歌囉』的感覺。」
我簡直看呆了，我想說你才是最可愛的。每個追逐偶像明星的瘋狂少女身後，都有一位憂心忡忡的父親，他們能看見女孩奔跑時背上的翅膀，又小又輕，像狗兒的尾巴啪啪亂搧。
那晚理所當然，沙莉在我的紅酒內下藥，我醒時，她已經離開。
我還記得與她的最後對話，她邀我一同參加Oasis合唱團的演唱會。
我說：我以為他們已經死光了。
她說：才怪，他們還活著。
我說：那已經是很多年前的事了。

她說：他們還活著，以鬼魂的方式。

當你擁有很多財富的時候，對於許多事你將置身事外，譬如一張提早寄達的滌淨通知單，這是我賄賂勞工局一名職員獲得的，起因於生活的無聊本質。

我想起數十年前，我還是個大學生，曾經度過一次格外漫長的暑假，那段日子，我完全不曉得自己應該做甚麼，每日在校園中散步，和朋友享用美食，然後毫無理由地，我漸漸憂鬱起來，覺得自己像是被關住的野獸。

開學前夕，我發生一次嚴重車禍，陷入昏迷，當我再度甦醒，一盞燈在眼前被打開，彷彿我懶散度過的漫長暑假只是一個陰暗、黏膩的夢，我的身體已重新開機，我等不及從事各項活動，結交新的朋友。

那時候，我便理解世間的真理。不是把握短暫生命之類的淺見，而是當你感到絕望，彷彿陷入泥淖無法掙脫，一次對身體的巨大傷害，能夠使你的內在回到最佳狀態。

加上我對柔軟事物的偏好，不難想像日後我迷上了窒息遊戲。

我曾說服沙莉陪我進行過兩、三次，但她並不喜歡，後來我們極少見面，也就難以繼續實驗。

二十歲的沙莉留下的東西，是一束美麗的秀髮，精細地編織成辮，放在我身旁的枕頭上。我將髮辮與滌淨通知收入一口信封袋，招來遠方噴吐黑煙的長途公車。

沙莉曾經告訴過我，所有尋找自我的年輕人都會前往北方，在極北之北，簾幕似的光彩中，死去的靈魂飛升。

試著去抓住一縷靈魂。她說：因為我們空空如也。

她二十三歲，我們一起聽了Oasis的演唱會。

早晨，我剛抵達一座靠近海邊的城市，昏昏沉沉走進一間快餐店，在座位上等待咖啡。門上的鈴鐺輕響，沙莉面帶微笑挪進我對面的座位。

她因我嘴邊滑落的火腿大笑，說：你早該知道了，他們要在海邊舉辦演唱會呢！

我說是的。就像我們昨天才見面一樣，沙莉臉頰浮現粉紅光暈，她向服務生要了甜甜圈，一面沾著我的咖啡吃，嘴唇上沾滿糖霜，我湊上前去，她前傾身子，閉起眼睛。

我們到海灘散步，發現沙莉與這裡如此相襯，她脫去冬天的長大衣，露出甜美比基尼，逮著機會我就摸她的臉、手臂、臀部，她讓我把她埋在沙子裡，一面挖掘一面尋找她肌膚的片段，趁機脫下她的輕薄泳褲，她咯咯笑著，我看見沙莉腰後靠近股溝的部位，有一枚小小的香蕉魚紋身，那促使我捉住她的腳踝，親吻她腳底。

此時舞台已經搭建，人群七零八落，各自散布在海灘四周，日落後，便有鬼影，昔日少女偶像年輕的幽靈，原來真像沙莉所說，是粗糙的畫質與睡意裝扮使青春之夢永垂不朽，舞台上樂手的臉蛋稚嫩得毫無細節，猶如色塊。我看見沙莉感動得流下淚水，像小雞或雛鳥隨音樂振臂，乾掉的細沙簌簌落下，她要振翅高飛了。

沙莉說：「你聽，這是我最喜歡的歌，這是我們的歌。」

「很好聽。」我大聲問，不怕別人側目：「叫甚麼名字？」

「Don't Look Back In Anger。」沙莉哼：「切莫憤慨回首往事。」

我想：他們正在唱你。

So Sally can wait, she knows its too late as we're walking on by
Her soul slides away, but don't look back in anger I hear you say

她又要高舉雙臂時，我捉住她的手，緊緊地，再也不能忍受失去她。

我每一次都只能擁有你一個晚上嗎？

我想是的，先生，請付現金。

下一次甚麼時候碰面？

你會知道的，下回我會在部落格上放Blur的影片。

我將會非常非常想念你。

你知道Blur原本的團名是Seymour嗎？聽說源自沙林傑的《西摩簡介Seymour: An Introduction》，我是在網路查到這些資訊的，簡直太酷了，不是嗎？

大概吧，我看見你紋的香蕉魚，親愛的，你爸媽會怎麼說啊？

我怎麼知道，別喊我親愛的。

我不能忍受再失去你，我已經沒有時間了。

你不會失去我的，我只是，有其他生活要過。

你會在我看不見的地方慢慢變老。

別說我會變老。

瞧，就像種植一棵樹，如果我天天看見它，給它澆水，我就不會發現它長大了。

寶貝你需要一個人一直看著你，好保有你的青春。

聽起來很棒，我會試試的。

……但那個人不會是我。

對，不會。

我鬆開沙莉的手，看她留在沙灘上的足跡深深淺淺，愈來愈遠。

……

…………

她二十四歲，和一個老傢伙進汽車旅館，之後獨自出來，我尾隨她，將她拖進樹林裡，發燙的陽具進入她，我捏緊她的喉嚨，愈來愈緊，感覺真好，像超新星爆炸，我們以前玩過這個，只要再一會、再一會，也許再比平常多一會，更多，因為我還沒射，她很乾，我以為剛做過，她會很濕，但沒有，她窄小得令人疼痛，雙腿在我腰側掙扎亂踢，她小小的虎牙咬在我手掌內側，我想她，我愛她，我渴求她，只要再一會，她感覺也會很好的，我終於射出，全身癱軟，她睜大眼，一動不動，舌頭吐出。

我喘息著，仰望黑夜，耳邊響起她的歌，我們的歌。

切莫憤慨回首往事。

至少不要在今天。

革命日

1

柯廷駕駛一部手排舊汽車緩緩從梔子花療養院後方經過，荒煙蔓草的庭院內，不明顯的白牆邊，有一幅駝背老人的噴漆塗鴉，以及一行標語：如果你，想加入我們，到公園附近瞧瞧。

柯廷讓幾百塊租下的爛車奔往公園，並且一遍又一遍在車道上繞行，從早到晚，他沒見過一個老傢伙。

他把車停在速食店邊，買了漢堡和汽水，同時向店員出示滌淨證明，對方表現出同情與輕蔑的混合神情：「您這把年紀，真不該四處亂跑呢。」

「我快死了，孩子。」柯廷神色輕鬆地說：「你就不能讓我享受最後一次？」

午餐後柯廷把油膩的包裝紙捲成一團，隔空丟進公共垃圾桶，他計畫著再去開一下午的車，但幸好，隔著馬路他看見了艾莉絲。

盛裝打扮，戰戰兢兢在街角發傳單的艾莉絲，柯廷猶豫一會，穿越馬路刻意走到她身邊。艾莉絲沒有說話，只是顫抖地遞出傳單，左手與右手分別掌握兩份不同內容的傳單，左手那份關於走失的貓咪，以及她有多麼思念那隻暹羅貓「恰吉」。右手傳單則專給那些看上去臨屆滌淨日的人，也不是每個老傢伙都會收下傳單，有些人只瞄一眼，便驚慌失措地拒絕，更有甚者，會站在她身旁怒目而視，威脅她倘若不離開，他就會去告發。

艾莉絲通常只是聳聳肩，優雅地佯裝退卻，待那人走開後她便重回崗位，繼續不依不撓地發傳單。

柯廷若無其事地靠近艾莉絲，她的右手遞出傳單，柯廷接過，兩人手指短暫相觸，他們迅速交換了視線。

柯廷直到坐進車裡才有膽子哆嗦地打開紙頁，以三秒之速讀完傳單內容，將其深深印入腦海，藏匿傳單於蛋仔兒時照片，他往後靠向座椅，大口喘氣。

他已經老到不適合做違法的事。就連此刻，經過他車窗外的人群一概年輕貌美，那真是一群美麗無瑕的純粹造物，他想自己有何資格為了一己之私減損這些孩子的光輝未來？他想：對了，蛋仔。

他是為了蛋仔才願意犯險。所以，拍打方向盤，小心別按到喇叭，他發動引擎，拉起手剎車，慢慢放開離合器，加速逃逸。

2

照理來講，五十人以上的革命需要戰術，五十人以下的革命則或許不能稱為革命，當人數來到十人以下，乃至於四個人，他們只能牽起手，為彼此的命運祈求上蒼。

沙灘邊，恩尼用一根樹枝畫出了他們進入號令基地後，四個人所能完成的任務。四個老傢伙，因夜晚寒風息息顫抖不止，艾莉絲不斷點頭稱是，瑪格麗特喃喃自語，柯廷只希望趕緊選一艘船，他們得在被抓住前遠航。

恩尼仍絮絮叨叨：號令基地所在的黑山島樹木很多，可供我們躲藏，山體崎嶇詭譎，只要上了山，沒人能抓住我們……

半個鐘頭過去，恩尼終於選定了一艘船，他們扶持彼此不甚靈敏的軀體，從堅穩的陸地踏入搖晃的海洋。

柯廷有一瞬間懷疑，他們誰都不相信自己能從此行中生還。

但那已沒有關係。

3

在海上的第十八天，柯廷發現他的指甲長長了。

時光流逝，他身上的東西卻沒有減少，反而有所增加。為此，他不禁感到一絲愉快。

年輕時他想前往地圖上的所有地方；群獅奔跑的大草原，一望無際的遼闊公路，暗濤洶湧的巨河。從大學鎮往北，結識沿路打劫旅館的飛車黨，抵達全景城空洞無人的街道，靜待秋天專屬於面具狂的遊行。參觀圓頂中心的五百年遺跡上，每一隻梳理皮毛的雜種貓。市民廣場中年人群聚舞蹈，在早晨，在健康整齊的心靈裡。比那更遠，比小孩無法帶蛋仔前往之地更遠，他想前往地圖的盡頭，手指畫過整片海洋。

那兒有土著巫師迷幻的草藥煙霧，火山口閃爍發亮的結晶體，以及一百隻掛著項鍊的白天鵝。少數民族誤以為是家其實是漂白水的氣味，他們的族裔與地名都是黑色山巒，起因於從海上凝視那座島嶼的輪廓向來模糊髒汙。

年輕之夢，直到柯廷發現再無可能，而死亡依偎在腳邊，瀰漫於空氣，晃蕩於船下，照耀在天空，他從未如此確定過。

現在他只想要自由。

舌頭表面已經沒有一點濕潤，他想著水，卻已遺忘了水的作用。他全身都痛，眼睛完全睜不開，他想查看同伴、呼喚他們，回應他的卻只有死寂。

然後船隻停下了。

他瞇起眼，看見黑色山巒。

4

他們沒有武器，沒有飲水也沒有食物，他們沒有健康的身體或者堅強的意志，他們沒有更多的時間，他們受到歲月摧殘，他們擁有的只是髒兮兮、在海難中留長的指甲。

恩尼說：「走」

他們就走。

像一群漫無目標的鬼魂，柯廷算是其中狀況較好的了，他還能漸漸想起自己此行的原因，他沙啞地呼喊蛋仔的名字。

和他們當初想像的完全不同，這場萎靡的革命，雖然口號已呼喊，目的地已前往，心靈已誓死，他們的所作所為仍無意義。

號令基地很快發現了他們、抓住他們，將他們溫柔地帶往滌淨室。

滌淨室中，有手指輕緩地刷洗老朽身軀，並給予食物飲水，柯廷與恩尼、瑪格麗特和艾莉絲分別關押。在一張舒適的床上，柯廷聞到一股難以形容的複雜氣味。

那和他預料中的完全不同，他曾聽說過在最後一刻，你會聞到記憶中最特別的味道，那股氣味將引領你回家，回到最深沉舒適的長眠。但柯廷覺得，這股氣味的名字就叫做記憶。

他先聞到氯，彷彿置身輪船，漂白水漫溢過甲板，隨後是糖果、可可與咖啡，挖空的南瓜，秋天枯草的清香，他聞到煮沸的熱水在清晨裡霧氣氤氳，他聞到蛋仔衣服上殘留的啤酒泡沫，他聞到矮小的怪物與英雄充斥的萬聖之夜。

你想成為麥田捕手。柯廷想：那我就是在萬聖夜裡扶住孩子們的幽靈。

安眠日

柯廷在一幢安寧的獨棟小木屋內醒來，尚未睜開眼便聽見了海浪的聲音。這兒的空氣很乾淨，嗅起來純粹，幾乎像是空洞的味道。柯廷半坐起身，由於藥物作用腦袋還昏沉不清。摸索眼鏡戴上，他的床就在窗邊，窗外是岩岸下方的灰色海洋，天空銀藍，蔓延至海平線交融一色，一陣海風從窗戶間的縫隙吹入屋內，令床罩窗簾飄飛不已。

柯廷是如此專注於窗外的景色，以至於當一道人影步入房間，他吃驚得發出低喘。

「別害怕。」那人說。他是男性，一頭黑髮、光滑的臉孔，看上去不超過五十歲，但他的聲音洩漏了年齡，那是極為蒼老世故的嗓音。

「你好？」柯廷不確定地說。

「你好。你知道你在哪裡嗎？」

「不知道，這是哪兒？」

「你正在安樂城。」

柯廷頓了一下：「我從沒聽過這個地方。」

那人臉上浮現出憐憫。

「當然，安樂城不會被標在地圖上，地圖裡的黑山島只會看見號令基地的標示。」

到目前為止，陌生人只是簡單回答柯廷的疑問，似乎不願主動做出更多解釋。柯廷意識到，他得問個好問題才行。

「你是誰？」

陌生人微笑：「我是號令基地的最高決策者，你可以稱呼我為『長官』。」

「長官？」

「是的。」男人清清喉嚨：「不得不說，你很有勇氣，意志也十分堅強，長久以來你受了這麼多的苦，現在終於可以好好休息了。」

「我不覺得我受了苦。」

「長官」皺起眉，但他很快隱去不悅，以一名長者的語氣諄諄教誨：「你當然受了苦，我的孩子，你的否認只是更突顯你有多麼強壯，你踏上了艱苦的路途，飽經磨難，可你現在居然說你不覺得自己受了苦，這正是勇士的心靈啊。」

柯廷心中升起某種厭倦、煩膩的感受，他許久沒有這種感覺，需要花上一段時間才能想起與之對應和父親相關的回憶。

「這裡是安樂城。」柯廷重複道：「安樂城是甚麼呢？」

「長官」謹慎地沉吟片刻，說：「度過滌淨日的人，便是安樂城的合法居民。這裡的每個人都年長，從新的滌淨法頒布後最低年齡會調降到六十歲，本來你是無權進入安樂城的，但我們一直在觀察你，鑒於你富有堅忍、勇敢與智慧的特質，你到了這裡，距離你的滌淨日，同時也是你的六十歲生日還有三天，我想我們可以破例提早三天接納你，讓你看看這無比美妙的理想鄉。」

「我恐怕不懂……」

「安樂城是為了安置年長者而設計的祕密城市，在外頭進入滌淨室從此死亡的老年人，其實都被送到了安樂城，他們在這裡安享天年，透過『禽眼』觀看後世子孫，你要說這是夢境也罷，要以為你其實已經死去，卻來到了天堂也罷，安樂城永遠會在這裡，等待那些被社會剔除的老年人。」

「你的意思是，」柯廷盡量用一種理性商量的口吻詢問：「我已經死了嗎？」

「長官」於是又笑：「前生已死，這是沒錯，我的孩子，但如今你在安樂城重生，請容我帶你參觀，好嗎？」

柯廷搖了搖頭，不是為了拒絕，而是殘留藥物依舊使他頭暈，他根本搞不清楚現下的情況是現實或夢境。「長官」十分體貼，親自攙扶柯廷孱弱的身體，引領他走出屋子。

屋外很冷……不，屋外有微風，且小木屋鄰近海邊，確實應該寒冷。柯廷感受到的卻是溫暖如水的氣流，猶如隱形的布料般輕柔地捲著他乾枯的手臂，柯廷嗅了一下空氣，這兒的味道更是無以倫比，沒有任何世俗的複雜氣味，只是甜蜜。除了甜蜜，沒有一星半點氣味分子可供人回憶，即便柯廷刻意試圖想起氯，他也再想不起。

「這裡是你的地盤。」長官摟著他說：「安樂城尊重所有居民的隱私空間，你在方圓一百公尺內都不會見到半個活人，如果你想見見朋友，只需要使用屋內的操控板喚來蛋型椅。」

「蛋型椅？」

長官沒回答，兀自從口袋裡取出小型操控板，在螢幕上滑動幾下，兩把柯廷從未見過的高科技輪椅便從道路盡頭駛來。不過蛋型椅顯然不是輪椅，它是種半懸浮的飛行器，模樣呈蛋形，只能離地幾公分高，但已足夠使路途不至於太過顛簸。

長官教導柯廷選定一把蛋型椅，舒舒服服地坐上去，自由使用扶手上的操控面板，柯廷很快行動自如。

「非常好，柯廷。」長官讚賞道：「接下來，我會先帶你參觀社區，有各式各樣的建築風格供新居民挑選……很遺憾沒給你這樣的機會，畢竟嚴格來說你依然資格不符。」

柯廷正要揮手表示自己並不介意，太陽穴卻突然劇烈地疼痛起來。

「啊！」

「怎麼了？」長官關切地問。

「我頭疼。」

「這點小毛病，白屋可以很快治好。」長官解釋：「白屋就是醫院，然而許多居民反應『醫院』這個字眼帶給他們太多不好的聯想，於是我們就決定取消『醫院』這個詞彙，改以『白屋』取代，你一定要記好這些在安樂城遭到代換的詞彙，否則安樂城的律法也是相當嚴苛。」

「有非常多這樣的詞彙嗎？」柯廷問。猛力敲打腦袋，他老是覺得自己忘了相當重要的東西。

長官贈予他一冊字典。

不知不覺間他們已飛快地行經所有社區，那些屋子看上去並不像現實中富有歷史背景的建築，相反地，它們看起來如同融化的棉花糖或蘑菇，有些或許暗藏現實的建築元素，也因風格過於童話，使它們失了真。

這些建築怎麼看都不比柯廷曾擁有的屋子好，他的屋子理所當然是最完美的，不是此刻他位於海邊的小木屋，而是被建造出來，始於麥田，一棟普通平凡、做工卻謹慎細心的屋子，那是某人為他建造的家。

「在安樂城，所有的事物都絕對文明，舉例來說，不合格的書我們從不藉由焚燒來銷毀，而是將其紙漿化……」

柯廷沒有認真傾聽長官沿途介紹，當後者的聲音終於大了起來，他勉強自己問出一句：

「紙漿化？」

「是的，請看左手邊。」

一股酸腐氣味衝鼻而來，柯廷皺起眉，一座工廠，三根長煙囪，飄著白色的煙氣逐漸遠去。

「我很抱歉，一般我不會帶新人參觀這裡的。」

「安樂城也有書？」

「當然有，我們相當引以為傲，外頭的書不能進來這裡……別這麼看我，柯廷，你仔細想想，外頭的書怎麼可能適合安樂城呢？這裡的人活得太久，經歷的傷痛太多，一百年以下的生命經驗寫成書我們根本不屑一顧……在安樂城，我們生產自己的書。」

「那麼，請問是怎樣的書呢？」

「回憶錄。」

他們面前的道路出現轉折，柯廷跟隨長官放慢車速，也因此將對方的話語聽得更加清楚：「自傳，甚麼都好，只要是書寫你的一生，而在這兒，最好的書是篇幅最長、最厚的書。」

轉折後，他們讓交通椅停留在一處高地上，在那兒，他們能一眼望見整座安樂城全貌。色彩繽紛，光線與氣流都調整在最適合人類的數值，淺色的天空裡有鳥類飛舞的黑點。

「長官」狀似滿足地嘆了一口氣：「這裡是安樂城，有數不清的美味食物和好玩東西，景色優美，黃昏時千隻天鵝翱翔天際，在這裡，所有老人將不會繼續長大。」

「你是說，我們不會死？」

「我們當然會死，人都會死，但現今醫學已盡量拖長人類的死期，這就是為什麼我們需要將老人們藏起來，以免使外面的人知道，我們可以活到一百五十二歲之久，那將會使用到多少資源……年輕人不會理解，也不會同意的，而真正去殺死這些年長者又是多麼不人道。」

柯廷感覺自己被利刃切為兩半，一半的他欣然同意「長官」所言，另一半的他則在哀泣。

「外頭的體制有一天會崩塌。」柯廷喃喃道：「安樂城的老人們不事生產，每天只是玩樂、寫作，外頭卻有整個六十歲以下的世代要奉養他們，這樣的社會體系怎麼能夠支撐下去……」

「長官」沉默了一會，柯廷嘴唇顫抖，他會被送出安樂城嗎？或者被送進真正的滌淨室？

「別怕，我的孩子。」「長官」慈藹地說：「你對社會的觀察本來就令我們驚嘆，我並不意外你有這樣的想法，並為未來擔心，但我可以向你保證，再也無須擔心，因為你已是我們選入安樂城的最後一批人……至少是，目前為止的最後一批。」

「那是甚麼意思呢？長官。」

「意思是，你們的革命成功了，再也不會有滌淨日，起碼未來五十年不會有，安樂城已經太過擁塞，我們無法再接納更多人了，如今在外頭，滌淨日因你與你朋友們的努力被遏止，未來活到六十歲、七十歲的人能夠繼續在社會為我們服務。」

「我以為……我們……你是站在年長者的那一邊。」

「從來就不是這樣二分的，柯廷，從來就沒有所謂老人與年輕人的二分，或者男人與女人的二分，掌權者與人民的二分。」「長官」耐心地對柯廷說道：「從來就只有既得利益者與被剝削者的二分。而現在，你與我們在一起。」

柯廷恍惚地望著眼前美景，哀慟得即將入睡。天空裡飛翔的黑點逐漸擴大，慢慢地，柯廷辨識出那是一群天鵝，多古怪，天鵝纖細的頸脖上掛著閃亮的綴飾，牠們訓練有素地徐徐飛向湖泊。

「這兒的空間太大了。」柯廷嗚咽著：「怎麼可能，這兒超過黑山島原本的面積太多了。」

「我們填海造地。」「長官」冷靜地回答：「我說過了，安樂城近幾年變得過於擁塞。更別提，到了這裡還有人偷偷懷孩子呢。」

「這是可能的嗎？」

「當然了，我們的情慾難道就不是情慾嗎？七十歲懷孕的女性居民比比皆是，結束生產以後，我們會安排新生兒到外頭，讓好人家領養。」

「孩子的母親肯定很痛苦吧……」

「倒也不會，在安樂城與孩子之間若要做出選擇，她們總是選擇留在安樂城。」

「那些天鵝……」柯廷又說：「他們的脖子上真的掛了項鍊。」

「對的，我們稱之為『禽眼』。」

「長官」的聲音愈發輕柔，似乎過於輕柔了，柯廷閉上眼，沉浸於記憶與思想中。回憶起蛋仔是多麼容易的事，因為他始終都在。

「你說我們能夠透過『禽眼』觀看外頭的子孫。」柯廷張開眼：「我想見我兒子。據說他到了黑山島，我想見見他。」

「嚴格來說，他不是你的兒子，但好吧。」「長官」再度摸索操控面板，喚來一隻天鵝。近距離觀察下柯廷覺得這隻天鵝似曾相識。「長官」取下天鵝頸子上的墜飾，彈開連接埠與操控版連線，接著便從墜飾上投射出巨大的球狀影像。

柯廷看見蛋仔身處一片黑暗，著採礦兵制服，一手拿著鐵鍬，一手提著裝有金絲雀的鳥籠。下一個畫面，蛋仔於烈陽底撿拾大塊石頭，他的臉髒兮兮，雙手磨破了皮，流出鮮血。

那雙手，在柯廷的印象中曾是藝術家的手。

蛋仔蒼白的臉孔上沒有他們最後一次見面時的憤怒，也沒有痛苦，更沒有哪怕一丁點哀傷。

有的只是空洞。

「長官」重新將項鍊掛上天鵝頸脖，以手勢邀請柯廷前往下一處地點。

他們最後來到聚會所。「長官」與柯廷握手，告訴他自己有其他要事必須先行告退，柯廷表示理解，並陪伴「長官」一同走到大門，大門邊有一面巨大澄亮的鏡子，有個老女人在那裡化妝打扮。

「長官」毫不留情地驅逐了她。

「為什麼要化妝把自己變年輕？這裡可是安樂城，我們有最先進的安養設施，可以撫平你身上的每一道皺紋。」「長官」對柯廷解釋道：「她肯定是剛來不久，還不清楚我們的白屋有多厲害。」

「我想是的。」柯廷禮貌地說。

「在安樂城裡，別做任何費力的事，有任何問題就使用操控板。」

「我只是個新來的，當真不用做任何工作？」

「絕對不用，號令基地有許多簽了合約的年輕照護兵，他們可是從號令基地一步一步努力升上來的，這些孩子會照料你的生活起居，號令基地已在他們身上加裝了監視器與小型炸彈，只要違反合約或試圖逃跑，他們就會死。別擔心，你們永遠也見不著面的，他們被下令必須照顧我們，但絕對不能被看見。」

「我能詢問您的年齡嗎？」

「我剛在去年五月過完兩百歲生日。」

「長官」直挺挺站在柯廷面前，橫眉豎眼盯著他。幾秒後柯廷才意識到，對方是在等自己舉手敬禮。

柯廷照辦。

「長官」點點頭，坐上自己的蛋型椅飛速離去。

柯廷原打算繼續乘坐蛋型椅，想到這兒的每一件東西可能都加裝了監視器，他只好徒步而行，萬幸在方才，他已偷偷搜索過恩尼、瑪格麗特與艾莉絲三人居住的社區，距離他目前所在地不過區區數里。

柯廷經過滿是花園洋房的社區，幾乎每間房洋房看上去都一模一樣，他希望盡快找到原本的革命軍同伴，是以當他聽見細微的呼喚聲，他以為是自己的幻覺。

有個清瘦矮小的女人坐在一片花園中央，身下是籐製搖椅，她看上去不比柯廷年長多少。柯廷望向她，女人便溫和地點點頭。

柯廷穿越花圃而來，他跪在女人椅前，握住她的手。

「我已經聽說了你們的故事，多麼偉大。」女人輕撫柯廷的頭：「你們還那麼年輕，就經歷了這麼多事情，我的丈夫據說也是你們的同伴，你是否知道他的去向？」

「您的丈夫如何稱呼？」柯廷問。

女人說出一個名字：「並且，他今年該一百五十二歲了。」

見柯廷沉默不語，女人的手開始顫抖。

「我最後一次見到他，是在市民廣場的抗議行動裡。」柯廷緩緩開口：「他很好，身體依舊健朗，看不出是一百五十多歲的人，老實說，他甚至告訴我他已經忘了自己今年幾歲啦。」

女人輕笑不止：「我們的士兵很快會抓到他的，這件事再也不需要保密了，號令基地最近在審議新的章程，包括是否讓所有臨屆滌淨日的老人都能得知他們將去的是何地方，那不是死亡，而是天堂。」

柯廷沒有將真相說出口，無論是女人的丈夫早已自焚而死，或是根據「長官」所言，他們四人已是安樂城近未來收下的最後一批新居民。

「謝謝你告訴我新的消息。」女人溫柔地說：「不知怎麼回事，他們好久以前就不讓我看『禽眼』了，以前，他們總會將項鍊安放在天鵝絨盒子裡，每天早晨放在我枕邊……」

柯廷告別女人，徒步行走一個鐘頭，最終來到老恩尼的住所。

昔日革命軍首領的屋子陽剛堅硬，以鐵鑄造，屋頂是銀色閃亮的隔板，柯廷敲響屋門，引起一陣擊打鐵鍋的聲響。

屋門「砰」一聲敞開，老恩尼瞪大眼望著柯廷，他穿著全世界僅此一套的革命軍首領裝束，鬍子修得挺翹體面，整個人顯得精神奕奕。

「柯廷。」他頷首：「何不進來坐坐？」

柯廷頓時感到惶然，恩尼變得有些不一樣了，他說不出原因，但就是不一樣了。

當他們面對面坐下，柯廷小心翼翼啜飲一杯熱茶，恩尼抽起菸斗，吁出淺粉色的煙籠罩屋內充斥閃亮徽章的陳設。

「當心。」恩尼含糊地說。

煙霧裡，柯廷早已看不清恩尼的面孔，他的聲音模糊而清晰，像一聲最輕最細的耳語。

「當心甚麼？」

「當心你要問的，老友。」恩尼道：「日子變了，時局也變了，你知道他們給了我一個位置？將來，你也得喊我一聲『長官』。」

「我從以前就尊敬你，恩尼。」

「你們當然要尊敬我，我可比你年長，同時呢，我又太過仁慈，仁慈得近乎軟弱，連被閃光燈照一下都羞恥。」

「你現在仍感到羞恥嗎？」

「不，再也不了，我怎麼有資格感到羞恥？」恩尼停了一會：「你走吧，柯廷。」

柯廷走了，彷彿是被趕出來的，卻毫無實感，柯廷繼續他的拜訪，來到接近安樂城與黑山島的交界，那兒有一片原始林，瑪格麗特的獵人小屋佇立於此。

黝黑的少數民族女子正用樹皮編織某種衣服，不時嗅聞樹皮，和著唾液將樹皮嚼鬆嚼軟。

「這種植物以前到處都有，燃燒後散發出的化學素聞起來像氯。」瑪格麗特說：「現在只剩這裡，所以我跟他們說我要這棟房子。」

一隻小貓在她身邊打滾，尾巴繾綣在瑪格麗特小腿。

「你不想革命了嗎？」柯廷問。

瑪格麗特一語不發，那雙近乎原生態的眼睛亮晶晶地盯著柯廷，隨後她咧嘴露齒，嘶叫一聲奔入山林。

柯廷又去找了艾莉絲，想她一直如此堅持自己是個小女孩子。她的屋子是童話風社區裡的其中一棟，由於太過夢幻，以致於平凡無奇。

柯廷至始至終都相信艾莉絲。她曾自我袒露，她的內心永遠只有八歲，她無法接受自己分明僅有八歲便必須死去。

他在廚房找到艾莉絲，她不再梳妝打扮，看起來卻比過去任何時候都更加光彩照人，此刻她正邊唱歌邊搓揉桃子，製作水果派。

柯廷與她交談，不到幾句就發現不太對勁，艾莉絲聽他說得愈多，眼睛就愈濕潤，嘴唇愈抿緊。

最終柯廷近乎驚惶地問：「你不是只有八歲嗎？」

「八歲？」艾莉絲顫抖地細聲尖叫：「八歲！你也不看看我滿臉的皺紋！八歲！你怎麼能這樣汙衊我呢？」

於是，柯廷遂又悲慘地離開艾莉絲的屋子。他最初的夢想是找到蛋仔，而現在，他想拯救所有與蛋仔相仿的年輕人，無奈革命已逝，無人起義。

柯廷必須思考，他強迫自己認真思考，有沒有甚麼方法，即便只有他一人也能辦到。想來想去，他沒有答案。

柯廷覺得疲憊又無力，眼淚還掉個不停，丟臉啊，他走向自己被分派於海邊懸崖上的獨棟小木屋，他的住所無法自己選擇，出於不明原因，是真正孤立於外的荒涼家園，和他曾擁有過的比起來，簡直不值一提。

疲憊感席捲而來，這麼一條漫漫長路，走得多麼辛苦，現在就想躺在鬆軟潔白的床上做個好夢，蛋仔有一天會熬出頭的，他只要再忍耐幾年就好，人終究會成長，最終變老，除非他不夠堅強，就這麼破碎死去。不管怎樣。柯廷想：我們還可以活上很久很久，繼續擠榨這些孩子，在安樂城，我們永遠也不會長大，我們永遠也不會死。

懸崖下的浪花柔細白淨，一波波拍打岩岸，海風強勁而寒冷，柯廷幾乎要站不住了，他想睡了，前後擺動身體，搖搖欲墜，眼前出現絲滑如水的床單，蛋仔擺動雙臂撫平細褶，一張很大的、藍色的床，沒有邊際，波波皺褶撫平。安樂城中，一個老男人回到屋裡，墜入夢鄉。

尋金日

蛋仔跟隨小隊長在枯木橫陳的山林中蹣跚而行，小隊長比蛋仔大兩歲，髮頂稀疏，有點嬰兒肥，卻十分擅長說教。每一次對蛋仔解說黑山島的歷史，都充滿一種莫名的傲慢。

「這裡的樹木種類主要以榕樹與耐旱植物為主，這種榕樹嘛，卻是其他地方從來沒人見過的，有個特殊的名字叫做黑榕，這種榕樹經過燃燒，會發散出像漂白水一樣的氣味，像氯，你知道氯是什麼嗎？那就好那就好，總之當年我們的前人們，想到黑山島採金……以及其他的高價值礦產，卻遭到黑山島原住民強烈的反抗，那時我們將黑山島的黑榕燒個精光，管他的呢，我們只需要黃金而已，土地中豐富的煤也幫上不少忙，整座黑山島燃燒了三天三夜呢！就像是上天的安排！遠遠的看上去肯定漂亮。可是黑山島人很頑強，他們躲在沒有煤，濕潤的地洞中，幸虧後來我方的人馬中有個水手，曾經與黑山島人做過交易，非常清楚他們的弱點。黑榕已經燒個精光了，那些像漂白水一樣的氣味也漸漸消失了，這名水手知道，黑山島人內心充滿了絕望與悲傷，於是他就告訴沉默妖精號的船長，可以使用漂白水引誘黑山島人從地洞中離開，當時肯定是用了非常多的漂白水吧，因為那股像家鄉一樣的氣息，強烈到滲入了地洞中，讓黑山島人一個個彷彿被催眠般走了出來，然後我們偉大的拓荒者們，便也一個個將子彈餵進那些原始人未開化的腦袋裡啦……」

蛋仔試圖走在隊伍最後方，讓小隊長嘹亮的喊叫不至於影響到自己，不料卻看見墊底的女孩已經脫離隊伍好一段距離，她比蛋仔小一歲，身材瘦弱，同梯的大夥們都喊她小灰。蛋仔不知為何從小灰的身上看見自己失蹤的國小同學。

在黑山島，要成為高階軍官一點也不容易，升上小隊長就必須耗費兩年光陰，蛋仔倒不心急，他有的是時間，並且誰比他更身強體壯？他可是從小就在各地方打過工，還蓋過一棟房子的人。

「你還好嗎？需不需要我幫你拿一點東西？」蛋仔擔憂的湊近小灰身邊，低聲詢問。他們每個人都被安排背負一定的裝備，為了前往黑山島更荒僻的採礦區。

小灰半張著嘴喘氣，搖搖頭，一句話也說不出來。

他們是在前往黑山島的港口附近相遇，蛋仔正在售票處填寫報名號令基地軍官訓練的表格，小灰則焦躁的等在一旁，蛋仔咬著筆思索一會，這才發現女孩也等著筆用。

「你還小吧？又是女孩子，為什麼想到黑山島呢？」蛋仔將筆遞給她，同時感到好奇。

小灰低垂著臉：「我沒有別的地方可以去了。」

黑山島的生活是有紀律的，像軍隊或夏令營，蛋仔習以為常，唯一困擾他的，是黑色山稜外的禁止區域。

蛋仔不只一次問小隊長禁止區域的警告牌後方，有些甚麼東西，但小隊長答不上來。並非知而不說，而是恍惚困惑的模樣，蛋仔因此感到懷疑，畢竟警告標語之後的土地浸淫在一片祥和的白色霧氣之中，彷彿無比遼闊。

小灰告訴他，如果能升上高級軍官，就可以進入禁止區域。

他們一群菜鳥抵達新的開採區後，各自戴上頭盔、拿著採礦工具走入礦坑裡。小灰也說，在這裡，帶隊挖到黃金的人，才能獲得升上軍官的機會。

蛋仔的臉部與手、肩頸，由於塵土飛揚與煤礦之故，沾染上可怕的汙黑。

黑山島真的有黃金嗎？其實也只是眾人口耳相傳，蛋仔愈是深入礦坑便愈了解，黑山島人最初以一小塊漂亮的金子與一名外來水手交易了食物，這名水手在往後的旅途中不斷向人誇耀，久而久之，已沒有人在乎那塊金子是否真實，只想尋求黃金的夢想。蛋仔想，假如是柯廷，肯定能在這段故事中找出某些特別的隱喻吧。

有時候，尤其在進出礦坑的日昇日落之時，蛋仔強烈的意識到光陰飛逝，他也正頭也不回地朝自己憎恨的成人樣貌所長成，日子便在重複不斷的機械動作中延續，蛋仔逐漸感到肺部出現了如同柯廷一樣的毛病。

一個月之後，小隊長宣布前往下一個採礦點。彼時蛋仔與其他新手的模樣已大不如前，他們變得沉默、髒汙，指甲縫漆黑，難以清理乾淨，臉上的汙穢使他們的年紀無法被看清，這些人以毫無感情的目光凝視小隊長。

小隊長正如蛋仔所觀察到的那樣，是從未吃過苦的人，肯定是靠關係才進入號令基地的，面對隊員們的無聲責備，他竟選擇在夜間落荒而逃。

早晨來臨時，大夥帶著疑惑面面相覷，直到日光熱度降臨，他們意識到小隊長不可能回來了，彼此握了握手，各自循原路回去。

「你要回基地等待新的分配嗎？」小灰收拾好沉重的行李與裝備，側頭看向蛋仔，此刻他正面朝與其他人截然不同的方向，看上去若有所思。

「我想再往前走走看。」蛋仔說。

小灰注意到他的目光，那是禁止區域出現的山稜處，比他們所在的地方更高出許多，黑色的山稜邊緣，甚至鑲著銀色的白雪。

「那太高了呀。」小灰不無恐懼的道。

「嗯，你想想嘛，從來沒有高級軍官以下的人到達那裡，你難道一點也不好奇嗎？」

小灰眼中溢出了淚水。

蛋仔想起柯廷，彷彿他就在身邊，他會像一名不慣跋涉的年長者那樣，坐在石頭上搓揉膝蓋，他會寵溺而困惑的詢問蛋仔，為什麼所有的年輕人都想往高處去？為什麼他們都想前往無人的地方旅行？為什麼他們要一而再，再而三的前往極北之北，那裡存在所有問題的答案嗎？

而蛋仔會告訴他，這是他們的本能，沒有任何原因，他們要前往所有詞語的極限，去尋找有形事物的終極，或許無法取得所有問題的答案，但會看見常人無法看見的奇景。

蛋仔如此相信。

他們身上的飲水與食物都還足夠，禦寒的衣物則取用小隊長留下的：一個睡袋和裝滿水的鐵壺、防寒衣和火柴，小灰膽怯地跟隨他，不斷試著說服他下山，對蛋仔而言，這卻是可遇不可求的機會。

「也許可以發現新的礦區也說不定，畢竟高級軍官都在那邊，肯定是有很大的金礦不想讓我們這些菜鳥知道吧，那很簡單，只要我們揭露他們的祕密不就得了？我們兩個可以直升高級軍官耶，小灰，你不想嘗試看看嗎？」

小灰依然哭泣著，蛋仔耐心地等待，握住她的手，知道他們很快就可以展開旅程。

更往高處的路途十分艱辛，幾乎沒有前人蹤跡，他們沉默不語地前進，不讓交談打斷呼吸的節奏，以至於浪費體力。走得愈久，身體就愈沉迷，思緒也變得如動物般單純，左腳，右腳，障礙物，一根絆腳的藤蔓，緩緩繞過去，蛇的蛻皮，鳥的動靜，野獸嘶鳴，天色漸暗，小灰已經走不動了，她體力不好，蛋仔懊悔自己居然忘了。

來自黑色山稜後方的白霧正徐徐下降，包圍住他們，使空氣變得寒冷，蛋仔半摟著小灰躲進山壁間的縫隙裡，取出睡袋裹住兩人。他沒有料想到這個夜晚竟是如此森冷，他們每一次呼吸都猶如刀割。

「你為什麼會來這裡？」一聲細小的詢問從蛋仔胸口傳來，他低頭看望小灰，多麼不可思議啊，原本懦弱不安的小灰，在這種情況下反而眼睛閃亮，臉頰也紅通通的。

「我想要賺錢，有一份好工作，讓我爸驕傲。」

「是嗎？」小灰問：「還有呢？」

蛋仔沉思著，關於他過去幾份毫無意義的工作，關於他的旅行，他喪失的父母，關於他崇拜的老師與監護人，恍然間，都已離他很遠了。

他不禁有些哽咽起來：「我希望可以被需要。」

「我需要你。」小灰說：「你看，有星星。」

黑山的夜晚既黑暗又寂靜，星星如同夜幕上遭人刺破的針孔，流瀉出真實的白光。蛋仔突然有種感覺，他們確實已在極北之北，傳說中靈魂上升的地方。

「我們明天就下山吧。」他說。

「不。你，要，看，沒有，人，看過的，景象。」小灰的聲音漸趨微弱，最後散逸於空氣，顯得斷裂並遙遠。

為什麼他們這個年紀的人，會想前往高處呢？想要征服一些東西，想看見未來將無法再見的光景？

蛋仔醒來時，小灰已經死去了，蜷縮在他的懷抱中，身體沒有殘留任何溫度，好似已全被蛋仔的生命所吸收。

這是蛋仔有生以來第一次意識到死亡。

然後莫名的，他想起普拉絲的詩，柯廷在講台上溫柔地念誦，聲音迴盪於教室，彷彿歷歷在目，卻相隔了兩個宇宙。

蛋仔取走小灰身上的剩餘食物，將她深深埋藏在睡袋裡，也深深隱匿在山壁間的縫隙，但願永遠不會有人找到她。

陽光從陵線上方滑落，如一枚貨真價實的黃金。

去尋找黃金吧，去尋找不曾存在的意義，去尋找屬於你的解答。蛋仔聽見柯廷的聲音，穿透遙遠的記憶而來。他抬起腿，往更深更高的黑山而去。

我們將無法確知蛋仔實際上是如何抵達山稜，也無法明白他如何以兩人份的食物與飲水，撐過了未來整整三十天，但他終於抵達，並在達成後順利下山，他的眼睛裡，將有一道常人不可得見的風景。

因為那確實是奇景，數千隻天鵝飛翔，從山稜那端傳來的蒼白迷霧，遼闊無邊的大地，一群既得利益者共築的安樂王國。

多麼不可思議，多麼快樂。多麼快樂，令蛋仔在山稜上嚎啕大哭起來。

天鵝日

柯廷認為自己正作夢，有時他很難分辨，甚麼是虛幻甚麼是現實，尤其他剛經歷了一段革命之旅，他走進毒氣室，陷溺回憶的氣味之海，其後身處安樂城，自稱「長官」的男人領他參觀……現在，他卻在這裡，這張公園長椅上。

他發現水池裡有一隻死去的天鵝。

不知為何，死亡的鳥類看上去總是乾淨，維持牠們生前美麗的羽毛，天鵝死去以後，也是同樣，除了牠的肢體變得怪異，但在牠身上，怪異也是美麗。

從他與艾莉絲在這裡相遇之後，他又苟活了許多日子，這隻天鵝是死在其中的哪一天呢？他不禁如此想。

有名英挺的軍官走向他，柯廷從未見過這般裝束的軍官，起先他自慚形穢，又因自己曾在這張公園長椅上做過的齷齪事羞恥不已，在軍官站定時，柯廷沒膽抬頭看。

「柯廷。」軍官笑著說：「我是蛋仔啊。」

柯廷倏地抬頭，看見他的兒子，他高大挺拔、英俊年輕的兒子，戴著一頂暗綠色軍帽，臉上的輪廓鑲著陽光的金邊，榛綠色的眼睛澄澈明亮，他整個人看起來光芒萬丈。

「可是，如果你是一名軍官，那我是誰呢？」

「我不是普通的軍官。」蛋仔說：「我是革命軍領導人，在你死去後，我和同伴以鐵鍬作為武器衝出煤礦，一舉拿下號令基地與安樂城……你的犧牲沒有白費，現在，世界由我們當家作主。你曾參與的原始革命軍是我們的衝鋒部隊，我們在小學教室裡懸掛你的遺像，用你的名字為後代命名，至於那些活超過一百歲的安樂城居民，已經一概被處死。你是世界的英雄，柯廷。」

「這不是我要的。」柯廷幾近恐懼地說：「你的夢想呢？你曾答應我要寫一本書。」

「書有甚麼了不起。」蛋仔狀似成熟的五官第一次幼稚地扭曲起來：「文字有甚麼意義？言語和文字沒有影響力，真正的行動才有，是你讓我了解這一點的。」

蛋仔說完朝他舉手敬禮，大步離去，柯廷站起來希望追上他，蛋仔英挺的背影卻像是永遠也追不上了，柯廷只堅持了一會便得放棄。

柯廷發現自己正站在一條幽靜的小路上。

順著這條路走，走到新建的小學校，那兒充滿年幼學子，柯廷驟然發現，自己突然變得如此幼小，他又矮又黑，袖子在手腕上摺了好幾截。

他見到八歲的艾莉絲，她看起來像是全世界最快樂的人，那麼無憂無慮，活在她真正的時間裡，她很可愛，無論重逢幾次，柯廷認為自己都會愛上她，以他當時所能愛人的極限愛上她。艾莉絲身邊，瘦削赤足的瑪格麗特正吸吮一根棒棒糖，恩尼瞪大好奇的眼睛望著柯廷。

他們看上去全都不超過十歲。

小柯廷，小艾莉絲，小瑪格麗特和小恩尼不需要握手或者彼此介紹名字，他們從玩耍中了解對方。

小學校仍是上課時間，他們卻在遊樂場中消磨時光，輪流扮鬼彼此追逐、拿著樹枝佯裝擊劍，最終不知是誰提議的，決定一塊離開學校偷偷到外頭玩耍。

他們溜出校門時，遊樂場的鞦韆和蹺蹺板還自顧自地搖晃擺盪。

生日

柯廷醒了過來。

他閉著眼側轉身體，摸索包裹嬰兒的毯子。

整個晚上他都睡得不深，伸出手一遍又一遍確認嬰兒的存在，不是他的夢。

他摸索到嬰兒柔軟的小手，溫暖的臉頰與毛茸茸的頂髮。終於他睜開眼，看向自己偷竊而來的小小奇蹟。

當他凝視嬰兒時，時間的流動變得緩慢，孩子的整體佔據他全部的注意力，孩子輕笑，嘴角流淌口水，孩子抓著腳掌玩耍。

孩子的行動是可預測的，融合單調與重複，像一首沒有高潮起伏的歌。

柯廷漸漸醒了過來，他凝視嬰兒愈久，就愈清醒。抓扯頭髮，他說：「上帝。」

三十六歲，剛在大學裡升上教授，他是有史以來最年輕的教授，系主任看好他，儘管，他剛失去自己深愛的女子，或許也無所謂了，反正人都是會死的。

想。想一想。他怎麼會做出這樣的事情？

對了，她臨死前哀求他照顧她的孩子。

柯廷不可能、也沒有權力辦到，她的孩子有其他血緣關係更為相近的親戚可照料，但他還是在瘋狂的悲傷中偷偷將孩子從醫院抱回家，告訴自己僅只一天，他想與這名嬰兒獨處。

現在，看著那雙綠色的眼睛，孩子粉色水亮的牙齦咿咿呀呀地叫嚷。柯廷笑了，打呵欠，臉頰滑落淚珠。

他從未有過照顧嬰兒的經驗，因此驚慌失措，他的臉脹紅，未完全清醒的眼睛濕潤，左手一遍又一遍梳理髮絲，他離開床，繞著床來來回回地走，猶如籠中困獸，他看起來十分瘋狂，尤其一種絕望的笑始終綻放在他臉上。

柯廷開始對嬰兒說話，他聲調急促、討價還價似地說：「我真不敢相信」、「早安」、「昨天晚上我一定是喝醉了」……他說了又說，又哭又笑，時而抱起嬰兒，時而將他放下，放在餐桌上、沙發裡、床鋪正中央，似乎哪裡都不對，最後他把一只籐籃裡的水果取出，鋪上柔軟毛巾，將嬰兒放入籐籃，那樣子像是對了，如此適當，恰好與嬰兒相同大小，嬰兒靜靜地滑入毛巾裡，吸吮小小的手指。

柯廷啜泣起來：「噢，你是甚麼啊。」他咧開嘴，嘴唇顫抖，他用手抹去滿臉涕淚。不巧的是，當柯廷停下哭泣，反倒換嬰兒哭了。柯廷猛地站起身，低喊牛奶，他衝出屋子，又衝回來，喃喃自語「不能把你一個人留下」，提起裝著嬰兒的籐籃離開家，他住在學校宿舍裡，因此當他走出建築，籐籃裡的嬰孩吸引許多騎乘單車經過的學生目光。

這名年輕的教授看起來並不知道自己在做甚麼，他好脆弱，學生們目送他倉皇、逃難般的身影遠去。柯廷的腳踏車有一個車籃，嬰兒與籐籃可以放在裡頭，他使勁踏著腳踏車踏板前往最近的賣場，買下成堆的尿布和嬰兒奶粉，隨後他發現自己無法以一輛單車載著所有東西回家。

他看見認識的學生開著小貨車經過，揮手召喚他們，車停下了，年輕人協助柯廷搬運物品與腳踏車，他們對車籃內的嬰兒未置一詞，僅是交換意味深長的微笑。

小貨車車斗載著柯廷與另外幾個學生。

「你們去哪啦？」柯廷吸著鼻子問。

一個學生抱著吉他，笑嘻嘻地說：「我們去巡迴演出。」

「表演甚麼？打工嗎？」

「舞台劇，我們自己寫的劇本哦，再加上一些現場演奏的老歌。」另一個學生聳聳肩：

「是公益演出，沒錢拿。」

柯廷沉默了，抱著吉他的男孩有一張孩子般的臉，他撥弄琴弦，唱起自創的歌曲。

小貨車行經校園附近的麥田，他們幫柯廷搬下腳踏車和其他物品，柯廷則始終緊緊擁抱嬰兒。

「那是你的小孩嗎？」一名學生忍不住問。

有一瞬間，柯廷想回答「不」，可後來他點點頭。

學生燦爛一笑，轉頭跑開。

等柯廷在宿舍內泡好一瓶牛奶，已經過了下午三點，金黃的陽光柔和地從窗邊斜淌進來。柯廷在手背上為牛奶試溫，嬰兒抽噎著，柯廷將奶瓶嘴口處湊近嬰兒，眼看那孩子驚訝地睜大了綠色的眼睛，隨即展開執著的吸啜。

柯廷擦拭鼻端，破碎地笑出聲來，他知道自己無法與孩子在一起。

他突然想起。

「今天是我的生日。」他說。

嬰兒放開奶嘴，柯廷拿走空空的奶瓶，替他更換尿布，他做得糟透了，尿布已經非常髒。孩子的皮膚又軟又滑，像是會輕易受傷的東西，柯廷把孩子的屁股弄乾淨，撒上爽身粉，他親吻孩子的小手。

明天，明天我會交回這孩子。他想：只是等太陽下山，夜晚來臨，黎明升起，到時候我們再道別吧。

黑暗如此神奇，能夠同時令人鎮定與憂鬱，柯廷抱著孩子眺望夜色，孩子開始哭泣。

「你想要甚麼呢？」柯廷低問。

孩子哭著，像小貓的叫聲，柯廷晃動手臂，模仿船。

「我們到外頭去吧。」柯廷為孩子罩上一層厚重毛毯，他抱著毛毯與孩子步出屋外，在校內的外環道上，不時有汽車行經。

車燈行駛時是柔和的黃色，剎車時是橘紅，它們經過時帶來一陣機器運作聲以及引擎轟鳴。

柯廷意外地發現孩子不再哭泣。

他喜歡車燈。柯廷想。輕輕撫摸孩子頭頂的髮漩，那雙純真的眼睛好奇地望著呼嘯而過的光色，彷彿裡頭有僅告訴嬰兒的祕密。

柯廷覺得他能夠陪孩子凝視夜晚的車燈直到永遠，但最終，他們只有這一天。

入睡前，柯廷吻了嬰孩的臉，並在他耳邊輕聲細語。

我會成為更好的人。

我會送給你全世界。

我會保護你不受任何傷害。

對於這些來自一名成人的許諾，柯廷希望嬰孩足夠大能夠聽懂，又希望他足夠小能夠忘卻。

【後記】從《楢山節考》到Hoppípolla

這個故事受到Christopher Isherwood《單身》所啟發，由數個互有關聯的短篇組合而成，並以日子為各篇命名，可以任意讀，也可以從第一篇〈公園日〉順著讀到最後一篇〈生日〉。

在《單身》中，喬治對自己的工作有個自嘲的譬喻，他認為自己是在街上兜售五分錢一顆的真鑽的人，而在街道上匆匆而過的行人當中，只有極少數人有機會得到真正的鑽石，其他人則不會相信他。到了故事最後，或許學生肯尼是真正得到鑽石的人。肯尼在酒吧與喬治相遇，喬治最終表示他認為年輕人是故意來找自己，為什麼呢？「你來這裡是真的想問我一件很重要的事情。」喬治說。但他也說：「我巴不得全對你說出來，但我說不出口，我實在張不開嘴，因為，你難道看不出來，我知道的事就是我的本性。我無法告訴你，你只能自行去摸索發現。我像一本必讀的書，書不會自動讀給你聽，書本身甚至不知道內容是甚麼。」

喬治只拋出疑問，讓我想要解答。

之後我從研究所畢業，開始尋找人生中第一份工作，某天在火車上，一個類似《楢山節考》的想法擊中我，假設在某個世界，那裡的人到了七十歲就會被送進毒氣室處死，這些老人難道不想反抗嗎？於是我書寫了一群由老人所組成的革命軍，想起Sigur Rós *Hoppípolla*的音樂影片裡，老人們像個孩子般奮力揮拳的模樣是如何深深吸引我。

於是這個故事裡有：

離家尋找兒子的瀕死老人、心懷寫作夢的兒子、兒子從事賣淫工作的國小同學沙莉、靠人們示威遊行的補給物過活的老妓女、因打獵從此害怕閃光燈的革命軍首領、以為自己是八歲小女孩的八十歲老太太、在劇團中扮演小孩的中年男子……

透過這些角色與情節的碎片，你們可以自行拼湊故事的全貌。

注1：對啦，主角柯廷的名字只是個對Fredrik Colting的玩笑。

注2：在這本書中，我引用了兩首經過翻譯的詩作，在此向作者、出版社與譯者致謝，並讓讀者知道可以在哪裡找到這兩首詩。

第一首詩是普拉絲的〈申請人〉，出自《精靈：普拉絲詩集》，陳黎、張芬齡譯，麥田出版。

第二首是拉賽爾（F. Russel）〈皮馬印地安狩獵之歌〉（Pima hunting song），出自《眾神的植物》，理查．伊文斯．舒爾茲、艾伯特．赫夫曼、克里斯汀．拉奇著，金恆鑣譯，商周出版。

注3：感謝愛因在〈青春日〉這篇文章中的幫助，作為我小小的靈感之神。

語言文學類　PG1902　SHOW小說28

天鵝死去的日子

作　　者／邱常婷
責任編輯／辛秉學
圖文排版／周妤靜
封面設計／蔡瑋筠

發 行 人／宋政坤
法律顧問／毛國樑　律師
出版發行／秀威資訊科技股份有限公司
114台北市內湖區瑞光路76巷65號1樓
電話：+886-2-2796-3638　傳真：+886-2-2796-1377
http://www.showwe.com.tw
劃撥帳號／19563868　戶名：秀威資訊科技股份有限公司
讀者服務信箱：service@showwe.com.tw
展售門市／國家書店（松江門市）
104台北市中山區松江路209號1樓
電話：+886-2-2518-0207　傳真：+886-2-2518-0778
網路訂購／秀威網路書店：http://store.showwe.tw
國家網路書店：http://www.govbooks.com.tw

2018年1月　BOD一版
定價：240元

國家圖書館出版品預行編目

天鵝死去的日子 / 邱常婷著. -- 一版. -- 臺北
市 : 秀威資訊科技, 2018.01
面； 公分
BOD版
ISBN 978-986-326-499-6(平裝)

857.63 106021309

讀者回函卡

感謝您購買本書，為提升服務品質，請填妥以下資料，將讀者回函卡直接寄回或傳真本公司，收到您的寶貴意見後，我們會收藏記錄及檢討，謝謝！如您需要了解本公司最新出版書目、購書優惠或企劃活動，歡迎您上網查詢或下載相關資料：http:// www.showwe.com.tw

您購買的書名：________________________________

出生日期：_________年_________月_________日

學歷：□高中（含）以下　□大專　□研究所（含）以上

職業：□製造業　□金融業　□資訊業　□軍警　□傳播業　□自由業

□服務業　□公務員　□教職　□學生　□家管　□其它_____

購書地點：□網路書店　□實體書店　□書展　□郵購　□贈閱　□其他

您從何得知本書的消息？

□網路書店　□實體書店　□網路搜尋　□電子報　□書訊　□雜誌

□傳播媒體　□親友推薦　□網站推薦　□部落格　□其他__________

您對本書的評價：（請填代號　1.非常滿意　2.滿意　3.尚可　4.再改進）

封面設計____　版面編排____　內容____　文／譯筆____　價格____

讀完書後您覺得：

□很有收穫　□有收穫　□收穫不多　□沒收穫

對我們的建議：________________________________

請貼
郵票

11466
台北市內湖區瑞光路 76 巷 65 號 1 樓
秀威資訊科技股份有限公司 收
BOD 數位出版事業部

(請沿線對折寄回,謝謝!)

姓　　名:＿＿＿＿＿＿＿＿ 年齡:＿＿＿＿ 性別:□女 □男

郵遞區號:□□□□□

地　　址:＿＿＿＿＿＿＿＿＿＿＿＿＿＿＿＿

聯絡電話:(日)＿＿＿＿＿＿＿＿ (夜)＿＿＿＿＿＿＿＿

E-mail:＿＿＿＿＿＿＿＿＿＿＿＿＿＿＿＿